La memoria

1003

DELLO STESSO AUTORE

Il ragazzo che leggeva Maigret
La casa di ringhiera
Gli scheletri nell'armadio
Il segreto di Angela
Il caso Kakoiannis-Sforza
Morte di un ex tappezziere
Commedia nera n. 1

nella collana «Il contesto»

L'errore di Platini
Il correttore di bozze
Il superstizioso
Prenditi cura di me
Piccola enciclopedia delle ossessioni

Francesco Recami

L'uomo con la valigia

Sellerio editore
Palermo

e-mail: info@sellerio.it
www.sellerio.it

2017 Nona edizione

Questo volume è stato stampato su carta Palatina prodotta dalle Cartiere di Fabriano con materie prime provenienti da gestione forestale sostenibile.

Recami, Francesco <1956>

L'uomo con la valigia / Francesco Recami. - Palermo: Sellerio, 2015.
(La memoria ; 1003)
EAN 978-88-389-3371-4
853.914 CDD-22

CIP - *Biblioteca centrale della Regione siciliana «Alberto Bombace»*

L'uomo con la valigia

Centrifugo
Agg. (pl. m. *-ghi)*
1. che allontana (o anche si allontana) dal centro...
Fig. Di comportamento o atteggiamento che porta ad un allontanamento da un potere centrale, da una collettività, da un obbligo sociale per consentire una maggiore autonomia.
2. Di apparecchio...

DEVOTO-OLI, *Vocabolario della lingua italiana*

Date le vicende narrate dovrebbe essere evidente di per sé, ma vale la pena precisare che fatti, persone, luoghi, date, nomi e circostanze presenti in questo libro sono di pura invenzione. Persino il sottinteso e il non detto non hanno alcun riferimento con la realtà.

Giorno zero

L'assemblea del condominio della casa di ringhiera del numero 14 di via *** era fissata per le 18 alla sede della ANACI (Associazione Nazionale Amministratori di Condominio) di Milano, in via Sabotino 22.

La riunione stava per avere inizio nella sala Gianfranco Gaspari, fornita di tavolo da riunione e seggioline con l'imbottitura rossa. Nonostante in quei minuti di attesa si scambiassero alcuni saluti di prammatica e abbozzi di conversazione di circostanza, si respirava un'atmosfera da sfida all'OK Corral, in attesa della sparatoria. C'era tensione, come in tutte le riunioni di condominio, ma questa volta di più, assai di più, perché la posta in gioco era alta. Gli sguardi erano come rasoiate, l'incontro non era ancora iniziato e l'aria era già pesantissima. A riprova dell'importanza della riunione il semplice fatto che i proprietari erano quasi tutti presenti, incredibilmente si raggiungeva il numero legale addirittura in prima convocazione.

C'erano infatti: Consonni Amedeo, dell'appartamento 8; Mattei-Ferri Olga, app. 12; Mattioli Angela, con delega per gli appartamenti 2, 9, 22 e senza numero, della società M.A.N.G. SRL e delegata anche dall'avvocato Manghilotto per l'app. 13; Giorgi Donatella, app. 15, delegata dal marito Giorgi Claudio; De Angelis Luigi, app. 5; architetto Du Vivier Jacopo, app. 6-7.

Come sempre era assente la signora Xing, proprietaria degli appartamenti 1 e 3 del piano terra, che lei usava come deposito merci, e di molti altri locali sempre al piano terra, ex botteghe o magazzini per il momento inutilizzati. Per lei le riunioni di condominio probabilmente erano tempo perso. Mancavano anche un altro paio di proprietari, fra cui Ghiotti Emanuela, che lavorava a Mediaset. Ma di millesimi ce n'erano più che a sufficienza. È evidente che l'ago della bilancia era Angela Mattioli, superdelegata per ben 5 locali.

Fra i presenti solo l'architetto Du Vivier Jacopo e sua moglie, architetto Ortolani Patty, cercavano di fare un po' di società, presentandosi a tutti con grandi sorrisi. In effetti erano dei nuovi proprietari, avevano comprato recentemente gli appartamenti 6 e 7 e avevano chiesto la concessione edilizia per ricavarne uno solo, che con tutta probabilità avevano intenzione di ristrutturare secondo grandi idee, e di farne, non si sa se per loro o per rivenderlo, un appartamento di lusso. Comunque erano nuovi, e cercavano di simpatizzare con gli altri, mostrando amabilità e disinvoltura, raccogliendo perlopiù sguardi sospettosi e ostili. Solo il Consonni Amedeo e soprattutto Angela Mattioli, che evidentemente costituivano una coppia perché talora si becchettavano, si misero a parlare con loro e a scambiare qualche formalità e convenevoli.

In effetti di quei due si sapeva poco, peraltro tutte le notizie a disposizione provenivano da un'unica fonte, la signorina Mattei-Ferri, che dei fatti della casa di ringhiera e oltre sapeva sempre tutto.

Ma bastava guardarli per capire molte cose.

Lui era vestito da architetto, vale a dire indossava pantaloni arancioni, scarpe color ruggine acceso, una giacca blu destrutturata e una camicia bianca. Nota bene, nel taschino della giacca aveva tre o quattro fra matite e pennarelli tecnici. Abbronzato, portava i capelli corti sulle tempie, dal collo gli pendevano un paio di occhiali con montatura arancione.

La moglie invece andava più sul classico: gonna striminzita su cosce toniche, era l'immagine della palestra e dei cereali a colazione. Sopra una casacchina di Jean Paul Gaultier. Capello fulvo e riccioli ribelli attentamente educati, borsa di Prada. Scarpa senza tacco, per non far risultare il marito troppo basso, di Miu Miu. Purtroppo per lei fra i condomini nessuno era in grado di apprezzare le sue scelte estetiche e le griffe, comunque lo capivano tutti che addosso aveva diverse centinaia di euro. Curiosamente, a differenza del marito, non era affatto abbronzata, che facessero vacanze separate? Aveva la pelle candida e curata come una modella londinese.

Finiti i preamboli, l'amministratore, un geometra sulla trentina dall'aspetto slavato, esausto e spelacchiato, passò agli adempimenti e alla lettura dell'Ordine del giorno.

1) Conferma dell'amministratore.

2) Consuntivo sulle spese di riverniciatura portone esterno.

3) Lavori di restauro e rifacimento delle facciate interne, dei ballatoi, dei vani scale, delle decorazioni in stucco e gesso sulle medesime facciate, ripristino e restauro delle ringhiere, delle colonne e traversine esterne in ghisa. Esame e valutazione dei preventivi sulla base del capitolato redatto dallo studio Ark-Ind. Incarico a ditta specializzata per esecuzione dei lavori. Esame di preventivi di tecnici abilitati per incarico professionale inerente la direzione dei lavori e pratica sicurezza. Delibera in merito.

4) Delibera in merito per i criteri di ripartizione della spesa.

5) Varie ed eventuali.

Dopo un momento di silenzio pieno di significati l'amministratore tentò di rispettare l'Ordine del giorno, ma subito esplose la bomba, si scatenò la polemica sulla voce 3.

«Come sarebbe a dire rifacimento facciate, non se n'è mai parlato e qui è già stato preparato un capitolato, e addirittura ci sono preventivi...».

«Ma chi sarebbe che ha stabilito che questi lavori vanno fatti? Io non pago un euro, le facciate vanno bene come sono...».

«Calma, calma» cercava di intervenire il signor Consonni. «Proviamo a capire di che cosa si tratta, lasciamo parlare l'amministratore...».

«Io vi mando in galera... questo è un golpe in piena regola» urlò la signorina Mattei-Ferri.

L'amministratore, sudato e impaurito – d'altronde pochi giorni prima aveva rischiato la vita in una riunione di condominio con 300 inquilini a Sesto San Giovanni –, cercò di spiegare.

«Per essere precisi se ne è già parlato, in una precedente riunione di condominio, regolare a tutti gli effetti perché c'erano i millesimi – garantiti dalla presenza di Mattioli Angela. Non avete visto il verbale?».

«Quale verbale? Quale riunione?».

Gli sguardi si concentrarono su Angela, che aveva ricordi del tutto diversi di quell'assemblea, nel corso della quale aveva conosciuto in anteprima la coppia di architetti. Le erano parsi molto carini ed entusiasti, avevano semplicemente proposto di occuparsi di una eventuale, eventualissima operazione di restauro della casa di ringhiera, e ne avevano parlato come se si trattasse di un monumento, di un bene da preservare, conservare e restituire, proprio loro si erano offerti – guarda caso il restauro di immobili primo Novecento era appunto il loro settore di specializzazione – di eseguire un'indagine preliminare sul valore storico ed architettonico di quella casa di ringhiera, una vera rarità essendo l'unica del quartiere. Tutti i presenti pensarono che la Mattioli si era fatta un po' irretire dai discorsi dei due architetti fighi e che non aveva pensato a quello che faceva.

«... Come risulta chiaramente da verbale si dà l'incarico alla ditta Ark-Ind di un rapporto preliminare sullo stato dell'edificio, su un progetto di restituzione architettonica. Come vedete così si è deliberato. I millesimi c'erano, chiedete alla dottoressa Mattioli, lei era presente».

Angela non sapeva dove guardare, gli inquilini monoproprietari la fissavano, pronti a metterla all'indice. Lei ripensò a quella passata riunione di condominio, durante la quale i due coniugi erano stati molto gentili con lei, rassicurati dalla circostanza che avevano a che fare con una persona di gusto e dotata di una forte cultura storico-artistica. In qualche modo, senza parere, erano riusciti a convincerla che le Belle Arti, che i valori storico-estetici della vecchia Milano, che il patrimonio architettonico, che... insomma, ora ci ripensava, si era fatta circuire da quei due bei giovani pieni di idee e non aveva fatto troppo caso alla delibera che approvava.

E adesso si sentiva osservata e biasimata, se non condannata.

Si scatenarono osservazioni e critiche confuse e sovrapposte, impossibili da riferire.

L'amministratore, al quale evidentemente un lavoro grosso non dispiaceva affatto perché ci ricavava la percentuale, faceva finta di non prendere posizione, ma effettivamente secondo lui la situazione era ben oltre il limite, le facciate erano degradate e crollanti, ne rischiava anche lui personalmente, «dovesse succedere qualche cosa, un crollo, detriti, se qualcuno si facesse male, la condizione dei vani scale...».

La marea montava ancora di più.

«Vi prego» disse Angela. «Non mettiamo il carro davanti ai buoi... vediamo di che si tratta... vediamo il progetto... vediamo i preventivi... parliamone».

«Io non voglio vedere propi nient» assicurò Luis De Angelis.

La parola toccò di nuovo all'amministratore. Pur in un clima arroventato cercò di esporre il progetto e il capitolato.

«È stato dato un regolare mandato, essendo la cifra...».

«E a quanto ammonta questa cifra?».

«Circa 24.000 euro più IVA».

«Cosa?».

«... ehm, adesso saranno gli stessi architetti della ditta Ark-Ind a esporvi il progetto di restauro».

«E chi sarebbero questi architetti?».

E dunque il disvelamento non era più procrastinabile: gli architetti della ditta specializzata non erano altro che gli stessi Du Vivier e Ortolani, titolari della Ark-Ind, che per chi non l'aveva capito sta per Architettura – o forse Archeologia? – Industriale.

I due, nonostante percepissero un clima insurrezionale, estrassero velocemente i loro iPad per mostrare il rendering della casa di ringhiera restituita ai suoi passati fasti.

«Vedete qui gli stucchi, decorazioni leggiadre che fanno da meraviglioso pendant-contraddizione con le pesanti strutture in ghisa, ma anche loro, nella fervida mente del progettista, riescono a comunicare leggerezza, come la delicata tessitura delle ringhiere...».

Le raffinate tecniche di comunicazione dei due architetti non parvero sfondare il fronte di scetticismo di alcuni condomini, che per tutta risposta minacciavano di chiamare i carabinieri.

Quando si passò ai preventivi delle ditte selezionate, per l'appunto dalla Ark-Ind, emersero cifre astronomiche.

La ditta A proponeva 285.000 euro più IVA; la ditta B, che fra l'altro si chiamava Ind-Ark – che significasse qualcosa? – aveva raggiunto i 345.000; la ditta C, di Mogliasso e F.lli, oltre 460.000.

A quel punto svariati inquilini persero la testa e cominciarono a minacciare fisicamente l'amministratore e i titolari della Ark-Ind. L'amministratore si ritirò, cercando di salvare la pelle, dietro la cortina del «come potete vedere, come risulta dalla..., a norma di regolamento...».

Invece i due architetti forzarono le linee, di colpo cambiarono radicalmente atteggiamento. Abbandonarono il fair play e passarono all'offensiva

«Ebbene, signori inquilini, sappiate che abbiamo fatto delle verifiche approfondite! Gli esterni sono fatiscenti e le strutture pericolanti! Se qui vengono i vigili urbani a fare un controllo tolgono immediatamente l'abitabilità e vi tocca sloggiare a tutti quanti! Per non parlare della Sovrintendenza alle Belle Arti: perché questa casa di ringhiera non è registrata? Eppure gli stucchi sono opera del Meneghetti. Vogliamo chiamare la Sovrintendenza? Ma soprattutto, vogliamo chiamare i vigili urbani? Noi, come voi, dobbiamo tutelare la nostra proprietà, vogliamo che vada in rovina?».

A questo punto De Angelis Luigi, anni 83, tentò di

raggiungere l'architetto e di saltargli al collo. Il Consonni glielo impedì: «Ma dai, Luis, che cosa fai...».

L'architetto non aveva terminato: «Inoltre vorrei segnalare la presenza di molte, molte irregolarità all'interno della casa di ringhiera di via ***. Per esempio, l'appartamento 22 è in corso di restauro senza nessuna autorizzazione e denuncia alle pubbliche autorità – era una frecciata ricattatoria per Angela, che era l'ago della bilancia – per non parlare di certi aspetti catastali dell'appartamento 8, è mai stato regolarizzato? – qui la frecciata riguardava il Consonni – e che dire del cosiddetto appartamento Senza numero, occupato da un numero indefinito di persone – qui il riferimento era alla differenziata comunità di peruviani che occupava quei tre locali.

«Non avete che dirlo e domani arrivano carabinieri, Agenzia delle Entrate, vigili urbani e quant'altro...».

A quel punto si scatenò una rissa vera e propria, scambio di colpi o perlomeno tentativo di attuarlo, anche la signora Giorgi Donatella aveva perso le staffe e voleva la testa dell'amministratore.

L'assemblea fu sciolta, anzi si sciolse. I due architetti, barricati dietro il tavolo da riunione, lanciavano strali minacciosi: «Sappiatelo, abbiamo fatto dei rilievi, la casa di ringhiera è pericolante, se arriva una denuncia il Comune chiamerà i vigili del fuoco, questi non potranno che attestare che la casa è pericolante e che quindi va sgomberata!».

«Porci!».

«Maiali!».

«Non vi avvicinate!».

Consonni, col suo fisico robusto, cercò di interporsi fra i litiganti, il più acceso dei quali era il Luigi De Angelis, l'ottuagenario, che pareva tarantolato. Alla fine i partecipanti all'assemblea defluirono, per vie diverse, come si fa con le tifoserie calcistiche.

Gli architetti Du Vivier e Ortolani salirono sul loro enorme SUV, che avevano naturalmente posteggiato con le ruote anteriori sul marciapiede, perché se non metti il SUV sul marciapiede, pensava De Angelis da lontano, che ce l'hai a fare?

Il Luis si mise a spiarli da dietro un angolo, perché non partivano? Erano entrambi al cellulare. Senza smettere di parlare al telefono la signora uscì dall'auto e rovesciò il portacenere, stracolmo di cicche, per terra. Nel frattempo anche Du Vivier era sceso e, anche lui senza interrompere la telefonata, portò sul marciapiede un cagnetto piccolo, di colore biancastro. L'architetto cercava di stimolarlo, toccandogli la pancia, gliela massaggiava. Alla fine il cane si decise e defecò sul marciapiede, non doveva stare bene di stomaco, era semiliquida.

Una signora di passaggio si permise di far notare al Du Vivier che sarebbe stato costume raccogliere gli escrementi del proprio cane. Lui le disse qualcosa tipo non rompere i coglioni, De Angelis non percepì le parole esatte, ma il senso doveva essere quello.

Angela e Amedeo, a braccetto, si incamminarono verso la stazione della metro. Consonni sembrava un po' stralunato, ed era comprensibile, dopo quella rissa. Che fosse sinceramente preoccupato per i destini della casa di ringhiera?

«Dai, Amedeo, lo sai come funzionano le assemblee di condominio, alla fine non succede niente... su, non te la prendere. Forse ho fatto un errore, si può sempre rimediare, non trovi?». Ma Consonni continuava nel suo mutismo, forse... c'era qualcos'altro.

Ad Angela pareva che quell'uomo fosse immerso in certi pensieri che travalicavano l'ordine dei problemi condominiali.

La serata era freddina, s'incamminarono per tornare assieme a casa, un pezzo in metro e un pezzo a piedi.

Raggiunsero la linea gialla a Porta Romana, la presero, direzione Comasina, tuttavia a un certo punto Amedeo, stranamente, tirò fuori una storia che sembrava una balla in grande stile.

«Io scendo prima, devo passare in un posto».

«Un posto? E quale sarebbe questo posto?».

«No, una scemata, una cosa che mi ha chiesto Caterina, per via del...».

«Per via di che? Cos'hai, i segreti? E cosa c'entra tua figlia?».

«Ma no, è che mi ha chiesto espressamente di non dirtelo, è una scemata...».

«È un fatto di soldi? Guarda che me lo puoi anche dire, sai? A me i segreti non piacciono...».

«Ma no, è per via di una cosa che... te ne parlerò... adesso devo scendere, ci vediamo più tardi...».

«Ah, questo non lo so, se ci vediamo più tardi. Fai tanto il misterioso e poi speri che ti aspetti a casa per i tuoi sfoghi su Caterina? Ah, beh, allora ancora non mi conosci...».

Amedeo scese a Duomo, mentre Angela proseguiva verso casa, avrebbe come al solito cambiato a Centrale e sarebbe scesa a Piola.

Che cafone, pensava, mi fa fare col buio l'ultimo pezzo a piedi da sola. In realtà non era questo che la inquietava.

Devo andare in «un posto», pensava, ma che, siamo bambini?

Consonni in effetti aveva un appuntamento, del quale non poteva fare menzione a nessuno, nemmeno ad Angela.

«Voglio salutare il nonno Amedeo!» proruppe Enrico, che si era stufato di guardare la televisione, inoltre era appena passata per la sesta volta la pubblicità dei Kinder Pinguì e il desiderio in lui si era fatto prepotente.

Caterina era al computer, stava controllando delle case in vendita in zona Isola, che secondo alcuni avrebbero dovuto aumentare di prezzo, invece non era così.

«Il nonno lo vedi lunedì».

«Ho fame».

«Fra un po' andiamo a cena».

«Ma io ho fame ora! Andiamo dal nonno».

«Lo so benissimo perché vorresti andare dal nonno, credi che sia scema? Lo so che il nonno ti dà i Kinder Pinguì, ho trovato le cartacce nella tua giacca. Sai che non devi mangiare quelle schifezze lì, mai mai mai».

Enrico mordeva il freno. Sapeva che per la mamma era vietato mangiare i Kinder Pinguì. In teoria anche al nonno era vietato comprargli i Kinder Pinguì, ma lui glieli comprava lo stesso. Se la mamma avesse saputo che il nonno gli dava i Kinder Pinguì a volontà, sarebbe successo un finimondo. Nel frigorifero ne aveva una riserva immensa, come i camionisti nella pubblicità alla televisione.

«Lo so sai che di nascosto il nonno ti dà i Kinder Pinguì e altre schifezze di merendine. Vuoi diventare obeso?».

Il bambino non avrebbe mai ammesso che non conosceva il significato della parola «obeso».

«Io non sono obeso!» disse, a mo' di tentativo.

«Non lo sei perché io ti impedisco di mangiare le merendine».

Enrico rifletteva, in modo sillogistico. Dato che lui le merendine le mangiava e come, dal nonno, e dato che le merendine fanno diventare obesi, questo voleva dire che lui era obeso. Allora era probabile che essere obeso fosse una cosa che non si vedeva a occhio nudo, come essere scemo oppure timido.

«Voglio il nonno! Andiamo a trovare il nonno!».

«Lo vedi lunedì il nonno. Oggi no».

Enrico si sarebbe venduto i suoi gormiti più rari per uno o due Pinguì, aveva esaurito la riserva segreta. Tuttavia si rassegnò, come un tossicodipendente in comunità.

Il messaggio che era arrivato all'Amedeo, registrato sulla segreteria telefonica, era perentorio: «Consonni, ti ricordi di me? Ti aspetto stasera, vieni in via Carloni al numero 123, alle ore 21, terzo piano, appartamento a destra. Sii puntuale e non lo dire a nessuno, nessuno. Io sono in debito verso di te, vieni, sarò sola. Ho bisogno di te, devi venire assolutamente».

A Consonni era parso di riconoscere la voce, non poteva essere altri che lei. E si preoccupò. Lui l'aveva incontrata qualche volta, la Ketty, e si era trovato in forte imbarazzo. Una ragazza assai più giovane di sua figlia che non esitava a fare la smorfiosa, si sentiva in obbligo di esercitare un atteggiamento seduttivo, anche con lui. Con Angela era stato un po' evasivo su questi incontri, perché temeva che si arrabbiasse: ma come, ti incontri con delle ragazze giovani da solo?

La prima volta era stata Ketty a farsi viva, sostenendo che il suo nominativo gliel'aveva fatto la zia Nora, la cugina di Consonni, residente ancora ad Arosio, vicino a Cantù. Ketty era stata indirizzata proprio a lui, per una situazione di emergenza, e lui aveva acconsentito ad incontrare la ragazza in un bar vicino a Porta Ticinese. Ketty era una bella ragazza sui venticinque, comunque si vedeva che ne aveva passate già abbastanza. Droga? Portava delle minigonne vertiginose e non si vergognava a mostrare le cosce.

A quanto diceva lei, viveva in una Casa di Ospitalità in zona Turro, Consonni non è che ci avesse creduto molto. Lei era piena di problemi, e proprio per questo aveva chiesto un abboccamento col parente per ottenere un piccolo aiuto. Secondo lei c'era gente che la cercava, il suo resoconto era stato lunghissimo e confuso, c'era di mezzo un tipo che secondo lei... la minacciava, la ricattava, ma perché?

Naturalmente la sostanza emerse alla fine dell'incontro al bar, la Ketty non aveva più un soldo, aveva bisogno di qualcosa per comprare il biglietto del treno per Bruxelles, dove c'erano alcuni suoi parenti che l'avrebbero potuta aiutare, farla uscire da un certo giro pericoloso...

Beh, il resoconto non quadrava molto ma la sostanza sì, e Consonni non fece tante storie: estrasse dal taccuino 100 euro e li consegnò a Ketty, cercando di non farsi notare, nel bar.

«Più di questo non posso darti, sai, sono un pensionato».

Amedeo non riuscì a capire se la ragazza fosse rimasta interdetta o soddisfatta. Lei comunque ci provò, insistette sulla rovina della sua esistenza, su questa gente che la cercava e che la obbligava a fuggire, sulla miseria di una vita in un posto sperduto e tremendo dove c'erano certe persone che cercavano di approfittarsi di lei.

«E qual è questo posto sperduto?».

«Eh, manco me lo ricordo... mi hanno drogata...».

Consonni tendeva a pensare di se stesso di essere uno scemone, ma non così scemo da non accorgersi che questa Ketty del tutto sprovveduta non lo era, infatti parlava in continuazione sopra le righe come fanno i tossicomani quando recitano la parte. Ogni tanto si assentava per usare il telefonino. Vabbè, cento euro non sono mica pochi, speriamo che non se li spari direttamente in vena stasera stessa, d'altronde non gliene darò altri, pensava Consonni mentre quella continuava a parlare, bevendosi un bicchiere di Bitter Campari dopo l'altro.

Il secondo incontro con la Ketty si era interrotto subito. Un altro bar, qualche giorno dopo, però Ketty, appena sedutasi al tavolino, assai nervosa, si era immediatamente alzata e se ne era andata, come se si sentisse braccata da qualcuno. Consonni ci era rimasto un po' male, d'altronde aveva stabilito di darle altri 50 euro al massimo e poi basta, però questa volta per davvero. C'era da rimanerci stupiti, perché Ketty se ne era scappata prima di incassare, prima anche di chiedere, altri soldi. No, sembrava veramente tesa e allo stremo.

E nei giorni successivi non si era fatta più sentire.

Per questo quando Consonni aveva ricevuto il messaggio citato: «Ho bisogno di te», si era preoccupato. Chissà in quali pasticci si è cacciata questa ragazza: droga, sesso, ricatti? Vabbè, lui mise nel portafoglio altri 50 euro, più di questo da me non avrà. Cos'altro avrebbe dovuto fare, lasciarla al suo destino? Ne avrebbe parlato con la Nora. Certo però, un incontro in una casa privata era ben imbarazzante. Se lo avesse saputo Angela...

Angela arrivò alla casa di ringhiera, e sulla balconata, vicino all'appartamento della Mattei-Ferri, c'era un gruppetto di persone che discutevano animatamente dei problemi condominiali, vale a dire Donatella Giorgi, Luigi De Angelis, la signorina Mattei-Ferri e anche Antonio, l'affittuario dell'appartamento 9, il quale stava partendo per la Germania. Era stato chiamato in causa perché lui faceva il muratore, e quindi di edifici se ne doveva intendere. Gli avevano chiesto se secondo lui la casa di ringhiera era pericolante. Luis appena vide l'Angela la chiamò, doveva ascoltare anche lei, in fondo aveva delle responsabilità. Il signor Antonio invece di responsabilità non se ne prese, oltretutto che ci capiva lui? «Eh, io sono solo un manovale, ma certe volte la magagna non si vede» si limitò a dire. «Scusate ma ho il treno».

Angela non aveva nessuna voglia di tornare sugli argomenti discussi alla riunione condominiale.

«Scusate ma ho un gran mal di testa adesso, ne parliamo un'altra volta, d'accordo?».

«Anch'io ho un gran mal di testa» disse torva la Mattei-Ferri.

«E poi quei due fanno cagare il loro cane schifoso sul marciapiede, e neanche puliscono» aggiunse il De Angelis.

Consonni arrivò all'indirizzo indicato di via Carloni e suonò il campanello. Nessuno rispose e lui entrò, prese l'ascensore fino al terzo piano. Al pianerottolo raggiunse l'appartamento, suonò di nuovo. Niente. Ci riprovò, bussò più volte, solo allora si accorse che la porta non era chiusa. La spinse un po' e quella si aprì.

Buttò un'occhiata all'interno ma non si vedeva niente, perché le luci erano spente.

Esitò a lungo, prima di entrare, però alla fine non resistette e penetrò nell'appartamento, dove non pareva esserci nessuno. Si inoltrò nel quadrilocale, la vista cominciò ad abituarsi alla penombra, l'illuminazione veniva da fuori, dai lampioni sbiaditi di via Carloni.

Era un appartamento spoglio ma ben tenuto, in un angolo del salotto scorse uno schermo piatto, sul piano superiore di un carrello. Sotto c'era un impianto stereo a basso costo.

Pensò di andarsene, la situazione non gli piaceva affatto, però purtroppo alle orecchie gli pervenne un mugolio sommesso e straziante. Avanzò fino alla camera da letto e all'adiacente bagnetto. Qui la luce era accesa.

Entrò.

C'era una ragazza completamente nuda dentro la vasca da bagno. Non era la Ketty. La vasca era piena di un liquido rosso e la ragazza, una biondina, aveva gli occhi azzurri sbarrati e un coltello infilato nel petto, ancora respirava ma...

Consonni non pensò a quello che stava facendo e tentò goffamente di afferrare il coltello per estrarlo dalle carni della ragazza, che nel frattempo sembrò esalare l'ultimo respiro. Nello stesso tempo si sentì abbagliato: scattarono alcuni flash in sequenza, proprio mentre lui si ritrovava il coltello in mano.

«Ketty, sei tu? Ma che stai facendo? Che è successo?».

Cercò di guardare nella direzione da dove erano partiti i flash. Intuiva che c'era una persona, che per un istante venne illuminata dalla luce del bagno. Indossava una maschera, di cartone o di plastica, che assomigliava a quel quadro famoso dove c'è uno disperato che urla. Non si vedeva altro, sennonché, per un decimo di secondo, Consonni riuscì a percepire un bagliore, uno scintillio che proveniva da un polso dello sconosciuto. Fu un attimo, ma capì di che cosa si trattava, era un gemello da polso, d'oro, che al centro raffigurava l'inconfondibile simbolo rosso-nero dell'AC Milan. Presto non vide più niente.

La persona mascherata scomparve e Consonni poté udire distintamente la porta d'ingresso che sbatteva.

Sempre col coltello in mano tornò a guardare la ragazza nella vasca. Ormai era scivolata verso il basso e la sua testa era completamente sommersa dall'acqua, acqua per modo di dire, pareva solo sangue.

Consonni, come impazzito, gettò lontano il coltello e si dette alla fuga. Si lanciò sul pianerottolo, forse sarebbe riuscito a raggiungere la persona che aveva scattato le fotografie.

Non prese l'ascensore ma le scale di servizio, fece appena in tempo ad uscire dal portone principale e a nascondersi dentro un anfratto del condominio accanto prima che arrivasse gente. Erano un gruppo di giovani che scherzavano fra di loro e prendevano in giro due ragazze che fumavano.

Restarono per un quarto d'ora proprio davanti al rifugio di Consonni, che poteva sentire distintamente quello che dicevano, parlavano di una festa di laurea di uno dei presenti e gli cantavano: «Dottooore, dottooore, dottore nel buco del cul, vaffancul, vaffancul...». Continuarono così e poi si dispersero, un paio salirono proprio nel palazzo dove c'era l'appartamento della morta.

Consonni restò ancora un po' nel suo nascondiglio. Solo intorno all'una e mezza si decise, il campo era sgombro e lui scappò, terrorizzato e incapace di riflettere. Una trappola?

Mi hanno fotografato col coltello in mano, che posso fare?

Si dette alla fuga, devastato, incerto se prendere un taxi. E se quello poi testimonia?

Alla stessa ora la signorina Mattei-Ferri era piazzata alla sua finestra osservatorio sulla casa di ringhiera, quella che le permetteva di controllare i movimenti, leciti o illeciti, degli altri inquilini. Non aveva sonno e poi c'era qualcosa da seguire con attenzione. Perché Amedeo Consonni non era ancora tornato? E perché Angela Mattioli non era ancora andata a letto? La luce delle sue finestre era accesa. Stava aspettando qualcuno, magari lo stesso Antonio, che non era vero niente che andava in Germania, e che, profittando del fatto che il Consonni non c'era, andava a trovare la sua amante segreta e a pagamento? Mah, non mettiamo il carro davanti ai buoi.

Maledetti quelli là, maledetti quelli là. Si riferiva ai peruviani dell'appartamento Senza numero, al secondo piano, che anche a quell'ora tenevano accesa la loro musica insopportabile. Come faccio a concentrarmi?

Le luci di casa Mattioli si spensero. Le ha dato buca?

In realtà Angela aveva rinunciato ad aspettare ulteriormente il ritorno del Consonni. Aveva preso un sonnifero ed era andata a letto. Non che volesse incrociare quello stronzo, e tantomeno parlarci. Voleva solo vedere a che ora tornava, e in quali condizioni. Non aveva la pazienza di cui invece disponeva la Mattei-Ferri, che tenne la posizione.

Consonni, stravolto, decise di farsela a piedi fino alla casa di ringhiera. Una trappola, era solo una trappola... e adesso come faccio?

Arrivò a casa che erano passate le due. Prima di entrare osservò con estremo scrupolo la situazione, sembrava tranquilla.

Con grande circospezione si avvicinò al suo appartamento, dall'esterno era tutto normale, c'era da fidarsi? Restò più di venti minuti seminascosto nel ballatoio, non notò niente di strano. Solo a quel punto si decise, entrò in casa.

E adesso che faccio, aspetto qui che la polizia venga a prendermi? Oddio, chi era quella poveretta? E perché la Ketty mi ha condotto lì?

Sanno chi sono, ma perché vogliono incastrare proprio me per l'omicidio della bionda? Chi era quella persona con il gemello del Milan al polso?

In trance negativa Consonni cercò di ragionare, di trovare una via d'uscita, purtuttavia era troppo confuso, capì che la sola possibilità che gli si presentava per il momento era quella di fuggire. Dal piano superiore dell'armadio tirò fuori la sua vecchia e piccola valigia di pelle giallo scuro. Entrò in confusione su cosa metterci dentro, doveva viaggiare leggero. Scombussolò le cassettiere e alla fine prese tre camicie, tre paia di mutande, tre canottiere, un pigiama e due golfini. Raccolse dal barattolo del sale in cucina tutti i contanti di cui disponeva, non erano molti. Allora fece una cosa che non avrebbe mai pensato di fare, aprì il suo nascondiglio segreto e ne estrasse un pacchettino piccolo ma molto pesante, che era lì addirittura dai tempi in cui la moglie Luigina era ancora viva. Lo infilò nella valigia e partì, senza curarsi di rimettere in ordine. Quanto ci avrebbero messo a trovarlo?

Giorno uno

La mattina dopo Consonni si svegliò alle sei nel buio, nella confusione e nel terrore. Non si rendeva conto di dove fosse, poi gradatamente recuperò il controllo della situazione, realizzò che il letto dove era sdraiato non era il suo, ma una cuccia scomoda con un materasso spesso quattro centimetri, e si abbandonò perciò ai pensieri più disperati. Cercava di ricapitolare mentalmente la situazione, che gli pareva ancora più brutta della notte precedente, quando era riuscito a trovare una camera in quell'alberghetto a una stella in viale Tunisia.

Se ne era scappato a piedi, portando con sé tutto il contante che teneva in casa. D'altronde era terrorizzato, non posso certamente pagare col bancomat, mi rintracciano immediatamente, lo stesso vale per il telefonino, basterà tenerlo spento o mi localizzeranno lo stesso? E come fare all'albergo?

Qui disse al portiere di notte, un marocchino con accento brianzolo, che era stato rapinato e che non aveva documenti.

«Fanno 50 euro in più a notte» aveva replicato imperturbabile il magrebino.

Con sé non aveva che la sua piccola valigia con qualche ricambio. Si era accomodato nella squallidissima cameretta, la cui finestra dava su un resede a base quadrata di tre metri di lato. Nonostante avesse lasciato le tende scostate, al mattino non entrava un filo di luce. Era ancora buio, piovigginava. La primavera, ufficialmente iniziata da qualche giorno, non ne voleva sapere di fare la sua comparsa.

Infilò la mano sotto il cuscino, il pacchettino duro e pesante era sempre lì.

Aveva dormito poco più di tre ore, si sentiva distrutto, ma il sogno di un tranquillo riposo senza limiti, da pensionato qual era, era ormai da dimenticare. Vedeva come un ectoplasma l'immagine di quella ragazza bionda nuda, sanguinante e accoltellata. E in lui scattava periodicamente un flash, lo stesso che lo aveva immortalato mentre tentava di afferrare il coltello che aveva tolto la vita a quella bella figliola. Davanti a lui scorrevano le immagini della fuga, del ritorno alla casa di ringhiera, e del suo stato attuale di fuggiasco.

Si domandava angosciato chi potesse essere colui che lo voleva incastrare. Oppure era finito in quella situazione per caso? Poteva essere casuale che Ketty lo avesse fatto andare lì, proprio in quel momento? Presto sarebbe stato un uomo braccato, certamente, e se lo avessero preso per lui non c'era scampo. Che prove aveva per difendersi? Non vedeva altra possibilità che quella di fuggire, ma dove, ma come? Cercava di mettere in connessione la trappola dell'omicidio della bionda con la chiamata di Ketty. Cosa c'entrava lei? E perché? E se l'avessero costretta? No, per il momento Consonni non riusciva assolutamente a ragionare. Che fare, andare a cercare Ketty in quel posto dove diceva di abitare? E chi se lo ricordava dov'era, dalle parti di Trunno?

Per quanto tempo avrebbe potuto continuare a rifugiarsi in questo suo nascondiglio, meglio forse cambiarlo di giorno in giorno? E i soldi, come me li procuro i soldi? Toccò di nuovo il pacchettino. E se mi denunciano? Non posso certo venderlo a Milano, e se andassi al Banco dei Pegni? Ma anche lì registrano tutto, ci vuole il documento. E poi, esisterà sempre il Banco dei Pegni?

Sapeva che l'anonimato costa moltissimo. E la trappola era duplice: il solo fatto che io sia fuggito mi conferma come colpevole. E allora che mi resta da fare, costituirmi agli uffici di polizia? Ammettere che ieri sera mi trovavo in quell'appartamento di via Carloni, ammettere che ho toccato il coltello, ammettere che sono fuggito, ammettere che... sono finito? Chi potrà credere che mi hanno teso una trappola? Chi potrà credere che io sono solo un testimone innocente?

Si macerava in mille ipotesi, ma a un certo punto, come tutti i fuggiaschi accusati di una colpa che non hanno, finiva per pervenire sempre alla stessa conclusione: l'unica cosa in cui posso sperare è che venga trovato il vero colpevole. E chi può trovarlo, se non io?

Pensò immediatamente di chiedere aiuto a qualcuno, ma a chi? A sua figlia Caterina? Ad Angela? Certo, Angela, naturalmente, ma come contattarla? Beh, ci avrebbe provato dopo, da un telefono pubblico, anche se naturalmente il telefono di lei sarebbe stato sotto controllo. Ossignur, e adesso come faccio? Ma infine, che cosa è veramente successo?

Uscì dall'alberghetto che non erano ancora le otto. Comprò alcuni giornali, ovviamente non c'erano notizie su un femminicidio nella zona di via Carloni, naturale, era troppo presto, ne avrebbero invece parlato in televisione?

In un bar lurido e mal frequentato prese due caffè e due cornetti. Ah, come si sentiva sporco e poco curato, non aveva fatto la doccia né si era rasato.

Fece fatica a trovare una cabina telefonica, ne trovò una vicino alla Stazione Centrale. Digitò il numero di Angela, ma doveva stare attento a come parlava, potevano intercettarlo. Pensò a una frase cifrata, del tipo: «Troviamoci al più presto nel posto dove ci siamo visti quella volta prima della festa al Centro Anziani, è una questione della massima urgenza, vieni subito, e stai attenta che nessuno ti segua».

Il telefono squillò a lungo e Consonni si accinse a recitare il messaggio, però dall'altra parte gli rispose una voce che non era quella di Angela.

«Pronto? Ma chi è, chi è all'apparecchio?».

Era la voce di un giovane uomo, Amedeo non la riconobbe. E chi poteva essere, la polizia?

«Prontooo, prontooo, ma chi è?».

E chi c'era in casa di Angela? Consonni cercò goffamente di imitare un accento meridionale.

«Gentilmente, potrei cortesemente parlare con la professoressa Mattioli Angela?».

«Ma ghi parla, ghi siete voi?».

Consonni riattaccò, sentendo la calata partenopea. Certamente i relais per rintracciare la provenienza della telefonata erano già al lavoro. Si mosse rapidamente alla ricerca di un'altra cabina. La polizia era già in casa di Angela, oppure tenevano il suo telefono sotto controllo. Se richiamo localizzeranno la zona da cui sto chiamando. Lo sanno già!

E adesso?

Gliene vennero in mente di tutte, anche le più improbabili.

E se chiedessi aiuto o ospitalità a Carmela? Mmhh, meglio di no, non capirebbe, penserebbe ad un ennesimo tentativo di farle la corte, senza contare che con me se l'è legata al dito, anche se non le ho fatto proprio niente.

Poi gli venne un'idea un po' meno assurda, vale a dire quella di chiamare Barzaghi, a Rovagnate. Quando lui ha avuto bisogno di me non ha esitato a chiedermi aiuto, e mi ha messo ben bene nei pasticci, adesso è venuto il suo turno. Provò a chiamarlo, naturalmente lui non c'era. Che fosse il caso di andare direttamente a Rovagnate?

Consonni contemporaneamente aveva deciso che la prima cosa da fare era quella di rendersi irriconoscibile. Comprò degli abiti di quart'ordine in un magazzino cinese, un vestito grigio di tessuto sintetico che sembrava proprio di quelli che indossano i cinesi quando fanno i turisti. Lo abbinò con una camicia che gli stava larghissima, color petrolio, e una cravatta arancione smorto. Come soprabito acquistò un impermeabile di plastica verde pallido, con la martingala.

Poi entrò in una profumeria e comprò una tintura per capelli fai da te color mogano scuro.

Tornato in albergo se la applicò da solo nel bagno della camera, con risultati incerti, almeno alla prima passata. Dopo la seconda i suoi capelli, normalmente bianchi candidi, parevano colorati con la ceretta da scarpe. Si fece una doccia e sulla questione barba ebbe delle incertezze. E se me la facessi crescere? Ma no, come faccio, poi mi ricresce bianca, si vede benissimo. Decise per una via di mezzo, non si rasò i baffi. Quando sarebbero stati un po' più lunghi si sarebbe tinto anche quelli.

Nel momento in cui Consonni uscì di nuovo dall'albergo facendo finta di niente il portiere magrebino guardò in basso e anche lui fece finta di non vedere.

E dunque erano già arrivati a casa di Angela, lo stavano già braccando.

Per essere fine marzo faceva un gran freddo e piovigginava, una pioggerella gelida e implacabile.

Sembrava una follia tornare sul luogo del delitto, ma questa fu la decisione presa dall'Amedeo.

E dunque, mascherato e irriconoscibile, andò a dare un'occhiata dall'esterno al sito, cioè alla casa di via Carloni. Si tenne a distanza.

Si immaginava di trovare sbarramenti di polizia, nastri adesivi della Procura della Repubblica, assembramenti di curiosi, agenti che ti allontanavano dicendo che non c'era niente da curiosare e di togliersi dalle balle.

No, niente di tutto questo. Il condominio era tranquillo come il giorno prima, possibile?

Consonni si aggirò per più di un'ora nei dintorni, facendo finta di niente, e si rese conto che evidentemente il fattaccio non era ancora di dominio pubblico.

Chiese in un bar, in alcuni negozi.

«Ma che ci faceva tutta quella pòlla qui davanti?».

«Quale pòlla? Io non li ho visti».

In apparenza non era successo niente e nessuno sapeva niente. Che voleva dire, che il cadavere era sempre lì e ancora non lo avevano scoperto? Poteva anche essere, ma prima o poi qualcuno l'avrebbe trovato.

La cosa mi conviene o no? si chiedeva il povero Amedeo, tenendosi a distanza. Il cadavere è lì e nessuno se ne è accorto?

Ma quello che ha scattato la foto, quello col gemello del Milan, in questo momento dov'è, e cosa ha in mente? Ha già mandato la foto alla polizia?

Consonni non sapeva cosa fare, magari gli agenti lo stavano aspettando nell'appartamento, sapendo che l'assassino torna sempre sul luogo del delitto. Ma cosa vado a pensare, queste cose non sono mica vere...

Beh, forse è meglio provare adesso, pensò, e si introdusse nel palazzo.

Riuscì a superare il portone d'ingresso, che di giorno restava sempre aperto, e a piedi raggiunse il terzo piano. Provò a suonare il campanello, per vedere che succedeva, si nascose per le scale, dietro l'ascensore. Non accadde niente. Tornò sul pianerottolo.

Suonò il campanello dell'appartamento di fronte a quello dove era stata uccisa la ragazza.

«Chi è?».

«ENEL» fece Consonni, non ignaro del fatto che normalmente i condomini a questa dichiarazione rispondono che non ci sono.

«Non ho tempo» disse la signora, tuttavia il presunto incaricato dell'ENEL riuscì a non farsi chiudere la porta in faccia.

«Signora, mi scusi, non voglio importunarla... è solo perché anche noi dell'ENEL, non è che la gente ci può prendere in giro, per esempio ieri siamo andati nell'appartamento di fronte, ci hanno accolti, ci hanno ascoltati, dovevano firmare ma mancava l'intestatario, e adesso...».

«L'appartamento qui di fronte? Ma li ha visti quelli dell'appartamento qui di fronte? Io non ce l'ho con nessuno, però alla prossima riunione di condominio, mi sentono e come. Ma si può?».

Riunione di condominio?

Consonni ebbe un flash sulla sua ultima riunione di condominio, del giorno precedente. Gli sembrava che fossero passati mesi.

La signora non ebbe alcun ritegno nell'esprimere il suo pensiero sugli occupanti dell'appartamento di fronte.

«Sono studenti, studenti, mi capisce? E il proprietario, nonostante noi si abbia comunicato il nostro parere contrario, ha affittato a degli studenti».

«Ah, eh, beh...».

«Tutto al nero, sia chiaro. Morale, abbiamo quattro ragazzi che fanno tutti i loro comodi, un baccano d'inferno, anche a notte fonda, sentono la musica, ed è tutto un entrare e un uscire, ne arrivano altri, maschi e femmine, e se ne vanno via la mattina dopo... è una sconcezza, ma io ce l'ho detto all'amministratore, però secondo lui non c'è niente di irregolare...».

«Ma veda, io ho parlato con una ragazza».

«Ah, la ragazza... pensi lei che sono tre maschi e una femmina, lì dentro».

«Ossignur» commentò Consonni, assicurandosi la complicità incondizionata dell'inquilina.

«Però adesso non si sente nessun rumore, neanche la musica».

«Ah, no, per fortuna quando si avvicinano le vacanze di Pasqua se ne vanno tutti, sono partiti ieri mattina, a parte la ragazza, che se ne deve essere andata via stamattina presto».

«Ah, la ragazza...».

«Eh, quella lì... è una sveglia, sa? Lo sa che si porta a casa uomini che potrebbero essere il suo papà? Non mi faccia parlare...».

«Saranno parenti...».

«Parenti? Parenti un bel... non mi faccia dire quello che non voglio dire! Li avesse visti come non si trattenevano nemmeno nel pianerottolo! Ci avevano la fregola...».

«Ah, questa poi... insomma, la ringrazio, non volevo farle perdere tempo... a proposito, lei che tipo di contratto ha?».

«Lo sapevo, sa? Lei se ne può andare, cosa crede che abbia tempo da perdere? E le mie bollette non gliele faccio mica vedere, mi hanno già fregato una volta. Lo sapevo che c'era il trucco, lei con la ragazza non ci ha mica parlato, era tutta una scusa per attaccare discorso...».

«Ma no, è che...».

La signora aveva già sbattuto la porta.

Consonni si trattenne seminascosto per le scale per vedere se arrivava qualcuno, con l'ascensore. Non arrivò proprio nessuno. Possibile? La ragazza era ancora lì dentro, nuda e morta?

Fin dalla prima mattina Angela era molto nervosa e non se ne nascondeva il motivo: ce l'aveva con l'Amedeo. Che modi erano quelli? E dov'era andato, con tutti quei segreti? Aveva provato a chiamarlo di buonora, alle otto, così impara, se è ancora lì che dorme.

Ma né al fisso né al cellulare Consonni rispondeva. Che stronzo! Ha fatto le ore piccole? E con chi?

Nel corso della mattinata il nervosismo di Angela aumentò progressivamente. La sua sensazione era che quel maiale non fosse neanche tornato a casa e che avesse passato la notte fuori.

Alle dieci, mentre lei si mangiava le unghie, arrivò il tecnico della lavastoviglie, si era rotta la maniglia, per la precisione un gancetto metallico che comandava il tasto di apertura, una scemata, ma per ripararla occorreva sostituire tutto il pezzo.

«Ma quanto mi viene a costare?».

«Aspettate che telefono in ditta».

«Vabbè, vabbè, proceda, tanto non ho alternativa».

«Come volete voi».

«Senta, io mi devo assentare qualche minuto, le posso chiedere una cortesia?».

«Come no».

«Se sente suonare il telefono potrebbe rispondere? Aspetto una telefonata».

«Come volete voi».

Così Angela era andata a suonare il campanello del Consonni. Nessuna risposta. Oddio, pensò, e se mi stessi sbagliando? E se l'Amedeo si fosse sentito male? Suonò a lungo senza esito.

Allora si decise, prese la chiave dell'appartamento 8 e ci entrò.

«Amedeooo, ci sei? Sei in bagno?».

Le ci volle poco tempo a capire che l'Amedeo non era in casa. Si aggirò per l'appartamento, così ben arredato, una vera bomboniera da ex tappezziere, ma in quel momento le tende di seta gialla, il parquet di pregio e il rivestimento di lampasso delle poltrone le davano sui nervi. Sul tavolo da pranzo scorse le nuove stoffe che il demente aveva comprato per tappezzarle gli armadietti dove lei conservava la sua collezione di servizi da caffè pregiati. Si rese subito conto della situazione: il Consonni se ne era andato volontariamente, aveva anche fatto i bagagli, in modo sommario. In fretta e furia aveva preso qualche ricambio, i cassetti erano ancora aperti, la camera da letto era tutta in disordine. La sua decrepita valigia non c'era più.

Hai capito lo stronzo, quello si è involato, e chissà con chi, dubito da solo, stronzo che non è altro.

Allora si trattava proprio di un appuntamento galante? E adesso cosa ha combinato, una fuga d'amore? Ecco perché faceva tanto il misterioso. Che grosso maiale ipocrita... e come scusa ha tirato fuori anche il nome della figlia. Che porco!

Ah, non provare a tornare da me, sai? Te ne ho perdonate troppe in passato, adesso la misura è colma, da oggi fra me e te è finita...

E chi sarà poi la stronza? Non sarà mica quella meridionale là, quella dei cannoli, com'è che si chiamava? Carmela, ecco come si chiamava. Non ci potrei proprio credere, una donna volgare e bassa in quel modo, sia fisicamente che moralmente, non ci potrei credere. Oppure qui di mezzo potrebbe esserci carne più fresca, qualche squinzia che l'ha ammaliato, e che facendogli credere di essere un gran seduttore gli porterà via anche le mutande.

Angela stava per uscire, imbelvita, quando le venne in mente un pensiero indecente, eppure le venne. Andò a controllare nel cassetto del comodino. Sapeva che l'Amedeo teneva lì le pasticchine azzurre, che prendeva per aiutarsi. Niente di male, per l'amor di Dio, altrimenti...

Cercò le pasticchine ma non le trovò.

Ah, maledetto uomo di merda, come tutti gli uomini dell'universo, allora ti sei portato dietro anche quelle!

Ma chi può essere, la troia?

Stronzo, porco, maiale, hai distrutto la mia vita!

Tornò nel suo appartamento giurando a se stessa che non si sarebbe mai più occupata in vita sua dell'Amedeo e delle sue beghe. Anzi, forse è venuto il momento che venda tutti i miei appartamenti della casa di ringhiera e che mi trasferisca altrove, magari sulla riviera ligure, e ricominci da capo. Cosa pensa quello stronzo, che ormai io sia una gallina vecchia? La vedremo, porco bastardo, la vedremo.

Il tecnico della lavastoviglie le riferì che c'era stata una chiamata, di un signore meridionale, che però aveva riattaccato.

«Grazie, grazie mille, sarà stato un rompiballe, quant'è?».

«100 euro per la chiamata e 143,55 per la riparazione».

«Ah...».

Consonni, nella cameretta d'albergo in viale Tunisia, tentava di riflettere. Prendeva anche qualche appunto, per provare a mantenere la calma.

E dunque qualcuno gli aveva teso una trappola, il che faceva pensare che volesse vendicarsi, che volesse colpirlo a morte, o comunque molto a fondo. Questo qualcuno quindi doveva avere, o perlomeno doveva ritenere di avere, un conto in sospeso con lui. Ma di chi poteva trattarsi? Amedeo si torturava, non riusciva a individuare chi potesse avercela così tanto con lui.

Consonni scrisse sul suo quadernetto:

1) *Qualcuno vuole vendicarsi e colpire me.*

Ma era impossibile che quel qualcuno avesse ucciso una persona a caso soltanto per incolparlo. Sarebbe stato impensabile. Quella persona evidentemente voleva eliminare quella ragazza, doveva averne un motivo. Quindi Amedeo scrisse:

2) *Questo qualcuno ha premeditatamente ucciso la ragazza, per un movente ignoto, peraltro sicuramente presente.*

A meno che... a meno che quel qualcuno non avesse scelto lui a caso, in fondo era già successo. Per allontanare i sospetti l'assassino aveva scelto il Consonni, magari aveva letto di lui sui giornali, magari pensava che fosse la persona adatta per essere accusata al posto suo. D'altronde c'era un punto che non quadrava: ammettiamo che l'omicida consegnasse alla polizia la foto del Consonni col coltello in mano, lo stesso coltello conficcato nel petto della ragazza. Eh già, ma la polizia non avrebbe potuto non chiedersi: e questa foto chi l'ha scattata? Non certo la vittima. Quindi sul luogo del delitto c'era una terza persona che aveva scattato la fotografia. E chi era? Un testimone casuale o un complice dell'assassino?

No, l'ipotesi che lui fosse stato scelto a caso come vittima sacrificale non reggeva, quella gente voleva mettere lui nei guai e contemporaneamente scagionare se stessa.

Consonni non ce la poteva fare, la situazione era troppo complicata. Senza contare che un altro pensiero lo affliggeva: lui si era dato alla macchia e certamente la polizia lo stava già cercando, a casa sua, a casa di Angela. In qualche maniera la sua fuga era una prova contro di lui, che motivo aveva di sfuggire se non aveva niente da nascondere? Ma che doveva fare: consegnarsi alle autorità? Poteva costituirsi raccontando che sì, era vero, aveva visto il cadavere di quella ragazza, aveva anche toccato il manico del coltello, però lui non c'entrava niente, era solo che gli avevano telefonato perché qualcuno aveva bisogno del suo aiuto. Forse l'unica differenza relativa al destino che gli si parava davanti sarebbe stata che invece che al carcere normale lo avrebbero condotto al manicomio criminale, ammesso che esistano ancora.

Bisogna che ragioni con metodo, bisogna che mi sforzi di razionalizzare... andiamo per gradi. Ricominciò dal primo punto che aveva annotato. *Qualcuno vuole vendicarsi e colpire me.*

Quali sono le persone che possono ritenere, a torto ovviamente, di avere un conto in sospeso con me? Ripensò a tutti i guazzabugli in cui si era ritrovato nei mesi precedenti.

Potrebbe trattarsi dell'assassina del signor Rebaudengo, la signora Orbazza Clelia, oppure qualche suo familiare, si sono voluti vendicare perché è per colpa mia, peraltro del tutto involontaria, che l'omicida è stata scoperta. Ma anche ammettendo la possibilità di una simile perversità morale – se viene scoperto il crimine la responsabilità non è mica del criminale, è di chi l'ha scoperto (ragionamento peraltro molto spesso utilizzato: la colpa è delle spie) – che motivo c'era di ordire un piano così complicato. E inoltre la signora Orbazza era rea confessa. No, no, la questione della Sfinge di Lentate sul Seveso, che aveva garantito al Consonni qualche minuto di celebrità, non c'entrava niente.

Allora, che si trattasse della storia degli scheletri? Ma sì, forse, non saprei proprio in che modo, potrebbe trattarsi dell'assassino dei tre boy-scout di Usmate-Velate: quello è venuto a sapere che io so che i tre ragazzi sono stati eliminati e forse pensa che possa sapere anche chi ne è responsabile. Io assolutamente non lo so, ma come fa lui a saperlo che io non lo so? Ecco, forse si sente braccato, braccato da me. E allora vuole togliermi di mezzo, fare di me un colpevole.

Ma che senso avrebbe? Se lui pensa che io sappia chi è lui, cosa che non è, che vantaggio potrebbe avere dal fatto che io finisca in galera, accusato di omicidio? Potrebbe temere che io abbia intenzione di parlare con la polizia della questione dei tre scout e raccontare quello che so, cosa che Dio mi fulmini se ho mai avuto intenzione di fare. Lui, o lei, non ne avrebbe nessuna soddisfazione e beneficio, se non quello di vedermi nei guai.

A meno che... naturalmente, non si tratti di uno squilibrato... e così come ha colpito tanti anni fa non ha perso il vizio... E adesso ha messo gli occhi su un'altra giovane... e per ucciderla ha avuto bisogno di coinvolgere me che...

No, no, non ha alcun senso.

Bisogna cercare da qualche altra parte. Per esempio nel caso Kakoiannis-Sforza. E se ci fosse di mezzo Marilou Kakoiannis, che crede che il responsabile di tutta la faccenda che ha portato a una fine così miseranda sua madre sia io? Come può non avermi visto nei filmati delle telecamere di sorveglianza della sua villa a Lugano? Come può non pensare che... E magari Marilou conosceva la ragazza accoltellata, la conosceva bene, oppure la conosceva qualcun altro, connesso al caso. Oppure mi hanno voluto costringere alla fuga, affinché io non parli. Ma di che?

Consonni aveva il mal di testa, era disperato.

Non tornava niente, non aveva un indizio che era uno sul quale lavorare.

Pensò addirittura alla gente di Adrem, finito in una trappola mortale per colpa sua, per meglio dire di Angela, c'era da chiedersi come la pensasse la gente di Adrem in proposito.

Ma, si stava dimenticando, e la Ketty? Qual era il suo ruolo in tutta la faccenda? Lei mi ha attirato nella trappola, ne sono quasi certo. Ah, non quadra niente. Che interesse potrebbe avere lei a farmi passare dei guai? Mi ricatterà, per avere più soldi? Consonni non poteva credere che per ricattare qualcuno si potesse ricorrere all'omicidio. Ma anche se fosse stato lontanamente possibile, quale sarà la sua prossima mossa? Mi farà sapere che è in possesso della foto e che in cambio vuole... chissà quanto. Evidentemente se quello era ciò che stava per accadere, il tutto non poteva e frutto della mente di Ketty da sola, c'era qualcun altro di mezzo che aveva convinto Ketty a consegnargli il pollo da spennare. Epperò, lo stesso, che c'entrava la ragazza morta? Si uccide una a caso per spremere un vecchio come me?

Stava per cedere, non riusciva più a ragionare. Andò nel bagnetto e si sciacquò la faccia.

Tornò al suo quadernino e controllò il secondo punto annotato: *qualcuno ha premeditatamente ucciso la ragazza, per un movente ignoto, peraltro sicuramente presente.*

Questo qualcuno a quanto pare indossa dei gemelli d'oro col simbolo del Milan. Quanti ne esisteranno di questi gemelli? Non era un articolo da quattro soldi, all'apparenza, ma forse invece sì.

Beh, per prima cosa occorreva sapere chi era la ragazza, conoscere le sue frequentazioni, le sue abitudini, i giri che bazzicava, magari loschi. Oppure se aveva un ragazzo, o magari una relazione con un uomo più grande, o con nessuno. Ecco, ecco, potrebbe essere così: l'uomo è quello che ha fatto fuori i tre boy-scout, tanti anni fa, e adesso, chissà, magari nel corso di un amplesso lo è andato a raccontare alla bionda. E quindi poi si è reso conto che l'unica sua via d'uscita era quella di farla fuori e di incolpare me... ma...

Consonni era stremato da tutti questi ragionamenti viziosi, che non lo portavano a niente. Era talmente prostrato che si domandava se non fosse stato tutto un sogno o un'allucinazione. Ah, adesso me ne vado a casa mia e tutto torna come prima... La giovane accoltellata? Un frutto dei miei deliri... La fotografia? Un incubo.

Sto perdendo tempo, sto perdendo tempo...

Uscì fuori e si infilò in un bar dove avevano il telefono a scatti, cosa rara, ormai.

Se c'era una cosa che aveva capito era che non poteva farcela da solo. Il primo pensiero era andato ovviamente ad Angela, ma ormai era certo che lei fosse già sotto controllo, il telefono come i suoi movimenti. Se l'avesse contattata direttamente l'avrebbero beccato subito, e anche lei sarebbe finita nei guai.

E Caterina? No, lei non la voglio coinvolgere, fra l'altro secondo me stanno controllando anche le sue mosse.

Finalmente ebbe una buona idea e fece la telefonata giusta.

«... sono Amedeo, ho bisogno di parlarti, è una cosa seria».

«Va bene, dov'è che ci troviamo? Qui ti cercano».

«Non parlarne con nessuno. Ci troviamo a quel bar dove io e te quella volta incontrammo quel tipo che gli mancava un braccio, ti ricordi?».

«E come no? È il bar di via...».

«Non lo nominare, non si sa mai, ci troviamo lì fra un'ora, va bene?».

«Sì che va bene, ma che cosa ti sta succedendo?».

«Dopo te ne parlo».

Fin dal giorno successivo a quello della riunione di condominio gli architetti Jacopo Du Vivier e consorte Patty Ortolani cominciarono a entrare in azione, perché il loro progetto era assai più complesso di quello esposto in assemblea.

Il primo inquilino con cui parlarono fu la signorina Mattei-Ferri, proprietaria dell'appartamento 12 e ivi residente.

Iniziarono la conversazione nel modo più ipocritamente gentile. «Come sta, signorina Mattei-Ferri?» chiesero alla signorina che restava immobile sulla sua sedia a rotelle, per via della paraplegia dovuta a un danno alle vertebre lombari.

Visto che la signorina non pareva disponibile a fare dei complimenti e anzi aggredì direttamente gli architetti accusandoli di essere due mafiosi bastardi, questi presto passarono alle minacce esplicite. «L'edificio, come lei sa, ha degli enormi problemi statici, dovuti alla sua struttura portante fatta di colonne di ghisa, vedo che anche in casa sua ci sono delle crepe. Se qui c'è una denuncia, o anche una semplice segnalazione, viene l'ingegnere dei vigili del fuoco, e se questo non vuole finire in galera senz'altro dovrà procedere con la perizia di tutto lo stabile, segnalandone l'inagibilità, in quanto edificio pericolante. È già successo molte volte, a Lorenteggio, a Lambrate, a Cusano Milanino, interi edifici sgomberati per decreto del sindaco».

La signorina li guardava con disprezzo, ruminando odio.

«Il problema è molto serio. Si calcola che la spesa necessaria per il risanamento sia quasi uguale a quella dell'attuale valore dell'immobile. Senza contare che comunque gli abitanti, che sono quasi tutti proprietari, dovrebbero abbandonare temporaneamente – temporaneamente quanto? un anno, due anni, tre anni – i locali, e pagare per intero il costo dei lavori, che, vi potete rendere conto, è veramente elevato. Non dico che ci sia da buttare giù tutto e ricostruirlo da capo, ma quasi. Le colonne portanti della ringhiera, che sono di ghisa, poggiano malamente su un suolo sabbioso, all'epoca i lavori li facevano così, queste erano case popolari costruite al risparmio, non erano fatte per durare cento anni. E questo casamento i cento anni li ha già compiuti. Ecco che l'offerta della società A.RE.CO., una cordata di investitori, è la seguente: rilevare a prezzo di mercato (da noi calcolato) gli appartamenti e progettare un piano complessivo di risanamento e di restituzione di un edificio che ha un valore storico. Solo una società come questa, cospicua in fatto di capitali e già inserita nel settore, può farsi carico di un progetto di così vasta portata. Che lo realizzi il condominio lo escludo a priori, i lavori neanche comincerebbero».

La Mattei-Ferri li fissava, tetra, tuttavia dentro di lei un mondo cominciava a sgretolarsi, come le fondamenta della casa di ringhiera.

«Si immagini, signorina Mattei-Ferri: il suo appartamento poniamo che abbia il valore di 200.000 euro. Ecco, lei lo dovrà lasciare per un tempo indeterminato e contemporaneamente pagare altri 200.000 euro per poterci tornare. Le conviene? Invece se lei accetterà di cedere la sua proprietà, per un prezzo sicuramente vantaggioso, avrà i mezzi per trovare un'altra residenza, senza pagare i duecentomila. Le è chiaro?».

Le era chiarissimo.

«Altri proprietari si sono dichiarati fin da subito favorevoli. I tempi saranno lunghi, la società lascia un anno a disposizione agli inquilini, ai proprietari e agli affittuari, per trovare un'altra soluzione, nel frattempo; a vendita avvenuta, saranno usufruttuari dell'appartamento».

L'architetto Patty Ortolani rincarò la dose.

«Ora noi la comprendiamo, ci giudicherà come qualcuno che la vuole buttare fuori di casa, ma è l'esatto contrario, anche noi siamo proprietari di due appartamenti e anche noi abbiamo intenzione di cederli alla società A.RE.CO., sarà la nostra unica salvezza. Ci stiamo sforzando, in nome della stessa società, che rappresentiamo, di rendere tutto più facile, in modo da evitare che gli appartamenti della casa di ringhiera vengano abbandonati per intimazione delle autorità, e che gli inquilini stessi debbano rovinarsi per pagare i lavori, che fra l'altro richiedono assolutamente che l'intero palazzo sia vuoto. Ci dispiace molto, proprio adesso che stavamo cominciando i lavori di ristrutturazione dei nostri appartamenti. Se solo lo avessimo saputo, anni fa, non li avremmo mai comprati. Ma ormai...».

La Mattei-Ferri li invitò senza riguardi a togliersi immediatamente di torno, senza però essere del tutto convinta, dentro di sé era rimasta molto impressionata perché aveva afferrato il concetto. Se c'era una cosa che sapeva fare erano i conti, ci arrivava anche lei a capire che se veramente avessero dichiarato inagibile lo stabile lei si sarebbe trovata senza casa e con un pugno di mosche in mano.

«Ma io sono invalida, non vedete?» strepitava la signorina dalla sua sedia a rotelle. «Come faccio a cambiare casa?». Ma già questa domanda mostrava un cedimento da parte sua e un senso dominante di paura.

Consonni rientrò nella sua cameretta nell'hotel in viale Tunisia, si sentiva più sfinito di prima. Pensò di fare una doccia, però prima voleva mangiarsi il suo snack. Si era comprato un panino con brie, speck e cetriolini, che addentò, disseminando il copriletto di briciole. Aveva proprio raggiunto il fondo, pensò, e la sensazione fu confermata dalla sua immagine riflessa nello specchio laterale. Con quei capelli visibilmente tinti si faceva schifo. Che ne sarà di me?

Improvvisamente gli si presentò di fronte l'immagine del suo nipotino Enrico, quattro anni e mezzo, la gioia dei suoi occhi. Quando l'avrebbe rivisto? Forse sarebbe venuto a trovarlo in galera?

Aprì l'acqua della doccia e contemporaneamente accese la televisione. Provò a sintonizzarsi su alcuni canali lombardi. Zappava fra un canale e l'altro, alla ricerca di qualche notiziario, si spogliò pronto a infilarsi sotto la doccia. Per sua sfortuna nella cameretta c'era uno specchio grande nel quale, avvicinandosi al bagno, ebbe modo di vedersi riflesso a grandezza naturale. Oddio, che impressione, sembrava un lombrico, con la panza e le carni molli. Siamo arrivati alla fine?

Fu distratto dal notiziario di Tele Lomellina: «... crzzz, il cadavere è stato ritrovato nei pressi di Zelata di Bereguardo... crzzz... in zone umide nell'alveo del Ticino, in una delle cosiddette lanche. Il corpo era completamente nudo, la ragazza era sfigurata e irriconoscibile. Capigliatura bionda, bella costituzione, età presunta venticinque anni. Naturalmente nessun documento, nessun oggetto o abito. L'ha trovata un pescatore alle otto del mattino».

Consonni, nudo come un verme, provava vergogna come se dalla televisione potessero vederlo. Si coprì le pudende. No, non sono stato io, ve lo assicuro! Dovette sedersi, per riprendere fiato.

Eccolo, il cadavere, ecco perché nell'appartamento di via Carloni nessuno aveva trovato niente.

Prima o poi ne determineranno l'identità, anche perché la studentessa manca all'appello, risulterà presto fra le persone scomparse. E un'otturazione in un dente, una cicatrice, qualche segno si trova sempre per attribuire un'identità.

Ma perché l'assassino l'ha portata via? Perché ha tentato di impedire che fosse riconoscibile? E perché voleva incolpare un innocente dell'accaduto?

Consonni avrebbe voluto morire lì per lì, sul posto, e così tutto in qualche modo sarebbe finito. Ma non aveva tempo, c'era da correre all'appuntamento col De Angelis. D'accordo, anche se sarà l'ultima doccia della mia vita. Poi aveva da passare in copisteria.

De Angelis entrò nel bar Alfio e si guardò un po' in giro. Alcune donne cinesi giocavano alle slot, senza dire una parola, un ragazzo e una ragazza malvestiti, secondo i criteri di De Angelis, chiacchieravano al bancone bevendo un liquido rosso-arancione. A un tavolo un signore coi capelli rossi leggeva il giornale. Il Luis ordinò un tè caldo e se lo portò a un tavolino. Mah, starà per arrivare, pensò. Il signore coi capelli rossi disse qualcosa nella direzione di De Angelis.

«Dice a me?».

«Sì che dico a te, Luis, non mi riconosci?».

«Eh, no che non ti riconosco, ci conosciamo?».

«Sono io. L'Amedeo, siediti a questo tavolo».

«Mah!». Luis guardò meglio. Sì, era proprio l'Amedeo.

«Ma come ti sei conciato, Amedeo, cos'è che hai fatto?».

A parte i capelli tinti sembrava invecchiato di dieci anni, cosa gli era successo?

Consonni si guardò bene dal raccontare al De Angelis quello che era accaduto, si inventò un'altra storia. Disse che si era travestito perché stava svolgendo un'indagine assai complicata e pericolosa, e c'era l'assoluta necessità che lui se ne stesse lontano da casa perché potevano venire a cercarlo là. Ma presto tutto si sarebbe risolto, anche grazie all'aiuto del Luis.

«Cos'è che vuoi da me, sarai diventato matto? Mi vuoi cacciare nei pericoli?».

«Ma no, ma quali pericoli... è che se vado io laggiù mangiano la foglia e salta tutto...».

«Ma chi sono questi che mangiano la foglia, saranno mica criminali?».

«Assolutamente no, è una questione di corna fra marito e moglie, sai com'è, in caso di separazione è utile poter dimostrare chi è stato il primo fedifrago. Qui c'è di mezzo una ragazza giovane».

«Ah... Ma tu...».

In poche parole Consonni spiegò che aveva urgente bisogno di informazioni sugli abitanti di un certo appartamento di via Carloni, che erano studenti. Quello che doveva fare il Luis, cosa di cui lui stesso non poteva occuparsi personalmente per ovvi motivi, era andare in quell'appartamento e cercare di conoscere i nomi degli affittuari e più informazioni possibile su chi erano, cosa studiavano, da dove venivano.

In particolare, e questo era essenziale, occorreva il nome di una ragazza, l'unica donna fra gli inquilini. Lei in quel momento non c'era. «Tutto qua. Io se fossi in te mi farei passare per uno del censimento, tiri fuori dei moduli, ora ti spiego».

Consonni si era già fatto preparare in copisteria dei moduli e anche un tesserino plastificato, un badge, con scritto «Comune di Milano. Servizio Anagrafe».

«Altrimenti se preferisci, puoi sempre dire che sei uno che cerca indirizzi e che se lo studente gliene dà tre oltre al suo vince immediatamente una pennetta USB o simili. Ecco qui la pennetta USB».

«Ma dovrei usare il distintivo anche in quel caso?».

«No, in quel caso usi quest'altro badge, dove c'è scritto "Nuova creatività", questo me l'hanno dato una volta all'associazione di volontariato».

«Ma cosa ti credi di essere, Amedeo, un agente segreto? Non sarà pericoloso? Perché non lo fai tu se è una stupidata insci?».

«Non ti pago perché tu mi faccia domande, io non ci posso andare e basta».

«Va bene, ma quant'è che mi paghi?».

«Ti do 200 subito e altri 200 quando mi porti le notizie. Se non ti aprono o se non riesci a cavarne fuori niente ci fermiamo a 200. È una roba di mezz'ora, e mi fai un gran favore».

De Angelis era perplesso, pur se allettato dai 200/400. Ci pensò e ci ripensò. «E alla fine quale sarebbe questo indirizzo?».

L'altro glielo scrisse su un foglietto, poi gli consegnò i materiali a stampa che si era procurato in copisteria.

«E poi Luis, ci sarebbero altre due cose».

«Altre due? Non bastano queste?».

«No, è che... prima di tutto la cosa deve rimanere assolutamente fra me e te. Non lo deve sapere nessuno, nemmeno Angela, nessuno».

«D'accordo, ma guarda che quella è lì che ti cerca. È un'anima in pena».

«Mi raccomando Luis, Angela non deve sapere niente, altrimenti...».

«Eh, è tutto il giorno che ti cerca, ha un diavolo per capello, pensa che di mezzo ci sia una questione di donne, e forse non è che abbia tutti i torti, non è che nei guai ci sei tu per via di qualche femmina?».

De Angelis conosceva l'ascendente che il Consonni esercitava tuttora sul genere femminile, a cominciare da Carmela, per la quale il Luis aveva preso una sbandata, lei invece si era innamorata dell'Amedeo.

Questi si lasciò sfuggire un «Eh, sì, una ragazza di mezzo c'è», con espressione grave e trasognata.

«Ma Amedeo, ma che cavolo... ti sei messo a fare lo stupido con le ragazze? Lo sai che è proprio quello che pensa Angela?».

«Meglio così, meglio così, un giorno troverò il modo di spiegarle».

«Mah, come vuoi, contento te».

Consonni ordinò una china calda e proseguì.

«Luis, la seconda cosa è ancora più delicata, mi ascolti?».

«Certo, sono mica sordo!».

«È un po' delicata, riguarda i soldi...».

«No, la cifra si è detta, io non torno indietro».

«No, sto parlando di altri soldi... è che, devi capire, sono venuto via in fretta e furia, con me non ho mica tanto contante... non è che potresti procurarmi un po' di euro? Sai, non posso andare in banca a ritirarli, sono sicuramente controllato. Appena metto piede in filiale mi salta addosso la polizia».

«Ma tu sei rimbambito... vuoi soldi da me? E allora quelli che mi hai promesso come me li dai? Li cavi dai miei? A cosa ti servono, per le donne?».

«Quando tutto sarà risolto ti spiegherò meglio, ti renderò la cifra con gli interessi, te lo giuro davanti a quello che ho di più caro».

«Ma di quanto hai bisogno?».

«Mah, quello che puoi, 1.500-2.000 euro?».

«Cosa? 2.000 euro, ma cosa pensi, che li trovi sugli alberi?».

«Dai, lo so che ce li hai».

Il De Angelis rimuginava.

«Lo sai che quei soldi mi servono per la macchina. E se dopo ti incarcerano? A me i soldi chi me li dà?».

«Prima di tutto se concludo quest'indagine di soldi me ne arrivano un bel po'. E anche se finisse male, i soldi che ho in banca non me li tolgono mica, son pur sempre i miei».

«E se ti fanno fuori?».

«Ti scrivo un foglio, te li renderà Caterina, con gli interessi».

«E a quanto ammonterebbero questi interessi?».

«Mah, fai tu, sono talmente disperato...».

De Angelis ci pensò un po'. Disperato? In che razza di guai si era infilato quello scemo? Cominciò a pensare che veramente aveva trovato una donna che lo spennava.

«Allora facciamo così. Tu mi dai il 10% a settimana, proprio perché sei te. Io vado in quella casa di studenti come mi hai detto. Faccio il possibile ma non garantisco niente. Secondo me la tua idea è balenga, non crederanno mai che io sono uno del censimento, per cui i 200 diventano 400 comunque, anche se non ho informazioni per te. Me lo scrivi sul foglio anche quello. Io ti porto 2.400 euro, che è la cifra che ti presto. I 400 me li puoi dare anche subito, ma anche su quelli mi dai il minimo di una settimana di interessi, vale a dire in totale 440 euro. E se ho qualche fastidio dico che sei stato tu a mandarmi e che è tutta colpa tua e che ti sei tinto i capelli. D'accordo?».

Consonni era un po' sbalordito, tuttavia non poté che accettare.

«Mi raccomando, Angela non deve sapere niente».

Il De Angelis guardò un'altra volta i capelli tinti del suo coinquilino. A questo mondo è tutto relativo, pensò.

Nel bar entrarono due guardie giurate e il Consonni divenne nervoso.

«Va bene, ci vediamo qui domani, alle tredici».

«D'accordo».

Si salutarono fuori dal bar, il Luis scuoteva la testa. Voglio proprio vedere chi è questa fighetta, pensava. È la legge del contrappasso, lui mi ha rubato Carmela e adesso una ragazzina gli ha rubato il cuore a lui. Montò sulla BMW Z3 3.2 24 valvole e al semaforo brutalizzò in accelerazione un ragazzotto con un Mini Cooper. Si era fatto buio.

«Parlo con la signora Caterina Consonni?».

«Sì, sono io, chi parla?».

«Sono Maria Bordigheri, sono la mamma di Mattia, un compagno di classe di suo figlio Enrico, ci siamo viste...».

«Ah, buonasera, come sta?». Caterina aveva subito avvertito che nel tono della signora Bordigheri c'era qualcosa che non andava.

«Beh, non so se è al corrente di ciò che è avvenuto stamani in classe».

«No, che cosa è successo?».

«È un po' imbarazzante dirglielo, visto che non sa niente, ma è successo qualcosa di molto spiacevole».

«Ah, dica pure». Caterina, conoscendo Enrico, intravedeva il peggio.

«C'è stato un episodio, non so neanch'io come definirlo, abbastanza grave. Insomma, mio figlio è stato vittima di un coro discriminatorio, è stato pesantemente insultato da tutti gli altri bambini, che lo hanno messo alla gogna, e lui ne è rimasto gravemente traumatizzato».

«Che brutta cosa mi dice...».

«Sì, lo è. Il problema è che a quanto pare a scatenare gli insulti è stato suo figlio, Enrico».

«Mio figlio? E che cosa avrebbe fatto?». Caterina estrasse immediatamente gli artigli di madre.

«Suo figlio ha iniziato a dire al Mattia che è obeso e allora è cominciato il coro, si sono messi tutti a urlargli: "Obeso! Obeso!"».

«Ma mio figlio non sa neanche il significato della parola "obeso"».

«Sarà come dice lei, ma si dà il caso che mio figlio abbia qualche problemino di obesità, e lui il significato della parola lo conosce benissimo, secondo me lo conoscono anche gli altri».

Caterina non sapeva cosa dire, la prima cosa che le era venuta in mente, e anche l'unica, era quella di scagionare completamente suo figlio, pur sapendo benissimo che un comportamento del genere era nelle corde di Enrico.

«Ma come fa a dire che la cosa è nata da Enrico? Lei si basa su quello che le ha raccontato *suo* figlio?».

«No, mi baso su quello che mi hanno detto le insegnanti, infatti la questione sarà discussa a livello di Consiglio, però mi premeva parlare con lei da madre a madre, senza arrivare all'intervento delle autorità scolastiche».

«Le autorità scolastiche? Per una parola? E quali sono le prove?».

«Signora, vedo che lei non mi capisce. Sa, sono mesi che lottiamo contro questo problema, Mattia è in sovrappeso di ben due chili e trecento grammi, e la cosa ci dà delle preoccupazioni. Temiamo per il futuro di nostro figlio, per questa patologia, che porta all'isolamento, alla stigmatizzazione. So che suo figlio è un bambino molto vivace e anche molto furbo. Evidentemente è stato educato così, noi abbiamo altri principi».

La telefonata ovviamente finì a male parole, Caterina negò tutto e difese Enrico a spada tratta – «Furba sarà lei!» – ma, una volta abbassata la cornetta, chiamò il bambino a rapporto.

«Enrico, che cosa hai detto oggi a Mattia?».

Il piccolo si chiuse in un assoluto mutismo, aveva già un piano: dopo un po' si sarebbe messo a piangere e la cosa sarebbe finita lì, con qualche coccola addizionale.

«Ma tu lo sai cosa vuol dire "obeso"?».

«Sì, mamma, è perché uno mangia le merendine».

«E Mattia le mangia?».

«Sì che le mangia, le mangia sempre».

Caterina si inviperì. Questa imbecille di madre che

rimpinza il figlio di schifezze e dopo viene a lamentarsi che è obeso. Roba da matti.

Consonni prima di rientrare in hotel, se così si poteva chiamare, si infilò dentro un kebab. Ne aveva sentito parlare di questi posti, ma non ci era mai stato. L'ambiente non era dei più lussuosi, era anonimo quanto bastava, un po' laido, quando fu entrato i due unici avventori lo guardarono con sorpresa.

Nel mentre che Consonni dava il primo morso al kebab, irruppe nel locale un arabo grosso che si guardò intorno. Intravide quello che stava cercando, un tipo mingherlino, e lo prese per il collo. Poi iniziò una invettiva, in una lingua incomprensibile, ma non lo mollava. Si capiva che parlavano di soldi, perché ogni tanto ripetevano la parola euro, abbinata a espressioni che volevano dire numeri.

Si stavano per picchiare, Consonni intervenne. «Non vi picchiate per così poco, ci sono problemi più grossi al mondo».

«E tu cazzo vuole?».

«Credo che parliate di soldi. Quanto ti deve questo signore?».

«Ma tu che vole da noi, qui tutto regolare».

«Io no polizia, io lavoratore normale».

«E allora che cazzo vole?».

«Niente, niente, quanti soldi ti deve dare lui?».

«60 euro mi deve dare, ma a te che cazzo frega?».

L'italiano estrasse dal portafoglio una banconota da 50 e una da 10 e le porse, continuando a mangiare il suo kebab di agnello, al tipo più grosso che voleva malmenare l'altro.

Il grosso vide i 60 e non sapeva cosa fare, non la vedeva chiara.

«Tu che cazzo c'entra? Tu amico di questo pezzo di merda?».

Il mingherlino non sapeva cosa fare neanche lui, l'altro lo teneva sempre per il bavero della felpa.

Intervenne il padrone, non voleva casini nel suo locale.

«Uscite fuori a parlare» disse.

Il mingherlino ne approfittò per sgattaiolare via, una volta fuori si mise a correre alla disperata.

Consonni aveva terminato il kebab, sempre con i 60 in mano.

«Non li vuoi? Tanto io ho poco da perdere».

Il grosso li prese e scappò anche lui. La situazione non gli piaceva affatto.

Consonni tornò in albergo, il kebab non l'aveva convinto. Cercava di riflettere ma gli era impossibile per i rumori provenienti dalla camera accanto. «Ah. Aahh, aaaahhhhh, sì, sì, ancora, ah-aahh-aaahhh», si sentiva, come in un nastro registrato. La situazione si normalizzò, tanto da far pensare che la festa fosse finita. Ricominciò, dopo una ventina di minuti: «Ah. Aahh, aaaahhhhh, sì, sì, ancora, ah-aahh-aaahhh».

Consonni accese la televisione, a tutto volume. Cambiava senza sosta i canali locali per avere altre notizie sul cadavere. Niente di nuovo.

Si buttò sul letto, con un marasma nella testa. Pensava a come fare con Caterina ed Enrico, prima o poi li doveva avvertire. Potrei contattare Caterina e dirle di non preoccuparsi. Dirle che ho un problema e che mi farò vivo io, ma di non dire a nessuno che le ho telefonato. Di rassicurare l'Enrico. Di fatto con Caterina Amedeo non sapeva che storia inventarsi: comunque lei non ci avrebbe creduto. E il Cipolla? Gli mancherò? Lui mi manca tanto.

Si era fatto un po' di silenzio, Consonni indulse nei pensieri sul suo nipotino, gli unici che un pochino lo tranquillizzavano. Poi riattaccò il «Ah. Aahh, aaaahhhhh, sì, sì, ancora, ah-aahh-aaahhh».

Consonni confezionò due artigianali tappi per le orecchie con la carta igienica, ottenendo risultati scarsi, così per tutta la notte ebbe seri problemi ad addormentarsi.

Giorno due

La mattina assai presto, alle 6 e 30, Consonni abbandonò il microscopico e squallido hotel in viale Tunisia. Pagare aveva già pagato, nessun documento da ritirare, se ne andò che alla portineria non c'era nessuno. Per le scale incontrò una signora extracomunitaria molto grassa che saliva con un tipo anziano. Lavorava anche alle sei del mattino?

Consonni teneva stretta la sua valigia di pelle consunta.

Con la metro 2 scese a Famagosta. Fuori faceva un gran freddo e il suo soprabito era troppo leggero, ci mancava solo che si prendesse un raffreddore, con quell'umidità. Le prime luci di un'alba grigia illuminavano lo stradone. Lui si mise sotto una pensilina arrugginita, ad aspettare il pullman delle sette per Motta Visconti. In giro non c'era nessuno, essendo domenica.

Era confuso. Che senso aveva quel sopralluogo? Il cadavere sicuramente non era più sul posto e certamente lui non aveva la possibilità di andare all'obitorio a vederlo. Tanto poi sarebbe stato irriconoscibile... Ma ormai... forse anche solo osservare il luogo gli avrebbe dato qualche spunto, chissà. E nessuno sarebbe andato a cercarlo proprio lì, se pensavano che fosse stato lui a liberarsi del cadavere in quella lanca.

Il pullman era vuoto e puzzava di nafta, lungo il percorso si alternavano edifici di tutte le epoche, residenziali e commerciali, inframmezzati da qualche area verde abbandonata. In senso opposto, verso Milano, c'era qualche macchina.

A Motta Visconti Consonni doveva prendere la coincidenza per Zelata, coincidenza per modo di dire, visto che partiva dopo mezz'ora.

Entrò in un bar vicino alla fermata e ordinò un cappuccino «molto caldo».

Cercò di attaccare discorso con la signora che gli servì il cappuccio, che in realtà era un caffellatte.

«Eh, ne dovete aver vista di gente ieri!».

«E perché?».

«Per via del corpo che hanno trovato qua vicino, ne parlano tutti i giornali».

«Ma non è qui, è a Zelata, passano da Bereguardo, non ci abbiamo fatto neanche un caffè in più, forse giusto il suo, lei qui non si era mai visto. E allora... Comunque qui non sappiamo niente».

«Ma si figuri, io? Io sono solo un rappresentante di commercio». Come se la cosa potesse essere una prova, mostrò la sua valigia semirigida. «Era solo curiosità, sa com'è, il cadavere di una bella ragazza...».

«E lei come fa a sapere che era bella? Cos'è, è lei l'assassino?» disse la signora ridacchiando. «Comunque se lei è un rappresentante di commercio io sono una suora. I rappresentanti sono sempre gli stessi e fanno sempre le stesse soste. E qui di rappresentanti non ne abbiamo mai visti, soprattutto di domenica».

Consonni uscì dal bar un po' scornato. Era così visibile che lui non era mai stato un rappresentante di commercio?

Prese il bus per Zelata, che mantenne fede al suo nome, c'era un freddo e soprattutto un umido ventoso che tagliava le gambe. Il suo soprabito, l'impermeabile leggero alla cinese, era del tutto inadeguato.

A questo punto però non poteva far altro che chiedere, non aveva la più pallida idea di dove fosse il luogo del ritrovamento, sapeva solo che era in zone umide stagnanti vicino al Ticino.

Nel bar trattoria L'Umbrela c'era un sacco di gente, che non era del posto: tutti che parlavano ai loro telefonini ultramoderni e sembravano molto occupati: giornalisti? Qui, a differenza di Motta Visconti, gli affari del bar e del ristorante avevano probabilmente avuto un'impennata. Per sapere la strada Consonni non dovette neanche domandare e inventarsi una balla, dicendo che era un giornalista anche lui. Carpì l'informazione origliando quello che dicevano gli altri, al telefono e fra di loro. A bere il secondo cappuccino ci mise venti minuti.

«... No, no, l'hanno portata alla morgue di Milano, a quanto pare qui non ha visto niente nessuno. Sì, la devono aver buttata qui verso le quattro di notte. Ho domandato un po' in giro ma nessuno sa niente, a quell'ora erano tutti a dormire, sì, no... d'accordo».

Un altro giornalista raccontava a un suo collega che non era riuscito a fare in tempo, quando lui era arrivato a Zelata, laggiù alla lanca, la polizia aveva già rimosso il cadavere, c'erano quelli della scientifica, che sono rimasti sul posto alcune ore, poi se ne sono andati anche loro... A un certo punto però il giornalista si accorse che Consonni stava lì ad ascoltare imbambolato.

«Andiamo fuori a fumare, va', torniamo a Milano».

Consonni si incamminò alla volta del luogo del ritrovamento, non era lontano, un chilometro al massimo, però la strada non era asfaltata nell'ultima parte, dovette passare per un viottolo di pantano, si infangò le scarpe, che peraltro non erano assolutamente adatte.

Arrivò sul posto, facilmente riconoscibile perché c'era un capannello di persone, che non sembravano giornalisti bensì semplici curiosi o gente del luogo che veniva a controllare. Inoltre uno spazio di cinque metri per cinque era stato delimitato con dei nastri bianchi e rossi; la ragazza era stata trovata nel fango, con la testa immersa nell'acqua, diceva un tipo vestito da pescatore, che parlava come fosse un cicerone e che era nientepopodimeno che colui che l'aveva ritrovata, al mattino verso le sette.

Il tipo si dava delle arie.

«Non vi posso dire niente, m'han fat giura da dì gnent. Eh, ieri mattina l'ho passata dai carabinieri... ma non vi posso mica dire quello che gli ho detto. Ah, se vedevate in che condizioni che era». Gli spettatori erano suoi amici.

«Dai Giuanin, dicci com'era ridotta, cosa ti costa».

«Ah, beh, ma queste cose le sapete già. L'era un macel, l'era tuta sacagnà, un macel de sang. Si vedevano i capelli biondi i gambe 'l cü. La duviva vès una bela fiola...».

«Ma l'hanno nascosta?».

«Ma no, l'hanno tirata giù, dove potevano arrivare con la macchina».

«Ma l'avevano attaccata a un peso? A un sasso?».

«Ma va a da' via il cü, Giacomo».

«E com'è che l'hanno ammazzata?».

«Non te lo dovrei dire ma tanto ormai lo sanno tutti, sembra che l'han presa a coltellate».

«Un moroso geloso?».

«Va a da' via il cü anche ti...».

Insomma, il sopralluogo si dimostrò per il Consonni non del tutto inutile, qualche notizia in più era riuscito ad averla, e purtroppo erano solo conferme. La donna era stata scaricata lì nella prima mattina del giorno precedente, in fretta e furia, cioè dopo che lui aveva gettato in terra il coltello insanguinato ed era fuggito via. E sul coltello c'erano le sue impronte. Ma come facevano a trovarlo, visto che lui era incensurato?

Pensò che era venuto il momento di tornare indietro. La valigia gli scivolò di mano e cadde nel fango, quasi per intero. Cercò di ripulirla alla meglio, con delle foglie. I presenti lo notarono e lo fissarono per un po': cosa ci faceva quello lì con una valigia?

Il rientro a Milano fu lento e faticoso, altri due pullman. Arrivò a Bovisa che era già mezzogiorno. Doveva far presto perché aveva appuntamento col De Angelis al solito bar.

Quella domenica gli architetti e coniugi Du Vivier e Ortolani passarono a trovare Angela Mattioli, che ufficialmente non era proprietaria di alcun appartamento, ma che era delegata dalla società M.A.N.G. a rappresentarla alle riunioni di condominio e di raccogliere gli affitti degli appartamenti locati, compreso il suo.

Gli architetti avevano tentato di contattare questa società M.A.N.G. per esporre la situazione, i costi-benefici, l'incipienza di una perizia legale, il rischio se non la certezza dello sgombero, la convenienza della proposta del gruppo da loro rappresentato. In realtà la M.A.N.G. sembrava evanescente e non si riusciva a parlare con nessuno. La sede legale era presso un commercialista il quale dichiarò che non era autorizzato né a discutere con loro né a rivelare il nome del socio legale-rappresentante. Aveva invitato a scrivere una lettera raccomandata alla società con la proposta in questione, in caso di interesse avrebbero avuto una risposta.

Du Vivier e Ortolani la lettera la inviarono, ma per iscritto ricattare è un po' complicato e anche rischioso. A che cosa si riferivano, a una perizia realmente eseguita? E da chi? Da loro? E che valore aveva? Come facevano ad essere certi che un'eventuale relazione dell'ingegnere dei vigili del fuoco avrebbe confermato uno stato di pericolosità? Potevano accennare al fatto che lo conoscevano bene? Che fra loro c'era un accordo?

Certo che no. Insomma, erano i primi a riconoscere che quella lettera non avrebbe avuto molta efficacia.

Quindi cercarono di parlare con Angela, che evidentemente aveva contatti regolari con questa fantomatica società M.A.N.G. Che anche lei ne fosse socia? In ogni caso doveva sapere chi erano gli intestatari di ben quattro degli appartamenti di ringhiera.

Presero informazioni su quale fosse il punto debole della professoressa Mattioli: le tazzine da caffè. Ne faceva collezione, possedeva dei pregiati servizi di porcellana di Wedgwood ecc. In casa sua ben tre vetrinette esponevano il suo orgoglio, che aveva un certo valore, almeno per gli appassionati del settore.

Così passarono da una loro amica antiquaria a Brera e le comprarono un paio di tazzine bordo oro di Richard Ginori. Se riuscivano a sfondare sul fronte degli appartamenti della società M.A.N.G. erano oltre metà dell'opera. Se quegli appartamenti fossero stati venduti, che avrebbero potuto fare gli altri inquilini, singoli proprietari?

Ma trovarono Angela in uno stato d'animo poco propenso a salamelecchi per due tazzine sbreccate e neanche di molto valore intrinseco, essendo due sole, così come a parlare dei destini statici della casa di ringhiera e della infame offerta del «gruppo che loro rappresentavano». Lei pensava a Consonni, che l'aveva lasciata per una ragazzina. Sì, lo sanno tutti, queste cose succedono, ma perché proprio a me? si domandava quell'anima in pena.

Angela insistette che lei non aveva nulla a che vedere con la società M.A.N.G., che però avrebbe riferito, alla prima occasione, al commercialista.

«Ma con quello ci abbiamo parlato, lui non sa niente».

«E allora?».

«E allora, signora Mattioli, noi abbiamo inoltrato una segnalazione di pericolosità di questo intero edificio alle autorità competenti, in settimana passerà di qui l'ingegnere dei vigili del fuoco per avviare gli accertamenti, non so se mi spiego, questi appartamenti rischiano un abbattimento del loro prezzo di mercato del 50% e oltre».

Ad Angela, nonostante avesse tutt'altri problemi per la testa, questo tono non piacque per niente, e allora, anche soltanto per distrarsi dai pensieri sull'Amedeo, si innervosì.

Invitò gli architetti ad andarsene.

Questi due passarono a minacce più esplicite. «Proprio questo appartamento è uno di quelli più a rischio, le colonne, il fondo marcito, vede quelle crepe all'esterno? In ogni caso la denuncia è già partita, e non siamo pronti a ritirarla, se non si vedono segni di disponibilità da parte di inquilini-proprietari».

«Ah, è così?» disse Angela. «Procedete nella direzione che pensate opportuna, ma non venite più a rompere i coglioni a me, io non c'entro niente».

«Alla prossima, signora Mattioli».

«Spero di no, pregiati architetti».

Angela telefonò subito al suo commercialista, che nel frattempo aveva parlato col geometra Bandettini.

«Sono cose che capitano spesso. Di solito però alla rovescia, sono i proprietari che per liberarsi degli inquilini in affitto chiedono l'intervento del Comune che a sua volta riferisce ai vigili del fuoco. E quindi si trovano crepe e danni strutturali che magari sono lì da cinquant'anni. D'altronde l'ingegnere dei vigili del fuoco, una volta convocato, tende a dare pareri molto restrittivi, è comprensibile, se conferma la non pericolosità della struttura poi in caso di problemi il responsabile è lui. Spesso in base alla relazione i proprietari eseguono i lavori e ne approfittano per mandare gli inquilini da qualche altra parte, magari con una spintina».

«Ma qui questi ci vogliono sbattere tutti fuori! E si parla di grossi lavori strutturali, buttare giù tutto e ricostruire. E ne sono sicuri al cento per cento che la perizia ufficiale andrà in questa direzione».

«Mah, mi informerò su questa gente, sento puzza di bruciato. Intanto le mando il geometra perché dia un'occhiata».

«Va bene. Grazie».

Consonni e De Angelis si rincontrarono al bar Alfio. Al Luis l'Amedeo sembrava messo ancora peggio del giorno prima. Beveva anche stavolta una china calda, che sicuramente non era la prima. Che si fosse dato all'alcol?

«Prima di tutto i soldi, ecco qua» allungò la busta con i 2.400. «Contali, e firma questo foglio. Per comodità, adesso ti spiego perché, l'ho retrodatato a qualche giorno fa. Se le cose finissero male non voglio che si sappia che ti ho visto proprio oggi. Diciamo che mi hai chiesto il prestito per pagare le rate del condominio, almeno questo è quello che mi hai detto tu. Dopo ti spiego perché, ma adesso veniamo agli studenti».

Consonni si avvicinò al Luis, infilandosi la busta in tasca.

«Non li conti?».

«No, dimmi degli studenti».

«È stato più facile del previsto. Mi ha aperto un ragazzino che non avrà avuto neanche vent'anni. Si doveva essere appena svegliato. Dovevi vederlo, aveva una di quelle cose di ferro che gli attraversavano il naso, come i baluba. Si è preso quasi paura, credeva che fossi uno della polizia, ha detto che era un ospite, che non c'entrava niente e non sapeva niente. Ma io ci ho detto che non doveva preoccuparsi, che a me se erano in affitto al nero o cose del genere non mi importava e gli ho anche detto quello che mi avevi insegnato te. Gli ho detto che volevo solo sapere se gli abitanti erano residenti lì, se non lo erano evitavo di mandare l'incaricato, ecc. Così mi ha snocciolato i nomi degli occupanti, lui compreso, tutta gente che viene da fuori Milano. Mi ha dato nomi cognomi e, per quanto si ricordava, l'indirizzo, o il comune di residenza. Ecco qua».

Nel finto tabulato De Angelis aveva scritto con bella grafia i dati di interesse.

Sitras Christian, residente a Novara, in corso Vercelli, 32.

Rignanese Michele, residente a Foggia, indirizzo sconosciuto.

Morpurgo Amelia, residente a Binasco, via Alessandro Volta, 4.

Oscar Filippucci, residente a San Casciano Val di Pesa, Firenze.

Di ragazza ce n'era una sola, non poteva essere che lei.

Consonni strinse la mano al De Angelis, aveva fatto un ottimo lavoro. Estrasse dalla busta i 400 euro pattuiti, e dal portafoglio i quaranta di interessi. Era quasi sollevato, anche se consapevole che per ora quei nomi non lo tiravano fuori dai guai. Dette una pacca sulla spalla al vecchio: «Eh, Luis, lo sapevo che sei uno su cui si può contare».

L'altro non sembrava invece molto sollevato. Mentre riponeva nel portafoglio il guadagno commentò: «Beh, questa è fatta. Ricordati che da questo momento io per te non esisto, non mi chiedere altri favori. Ma c'è un'altra faccenda, Amedeo. Non so in quali pasticci ti sei infilato e non lo voglio neanche sapere. Ma con l'Angela ci devi parlare, non la puoi lasciare così. Non sono affari miei, ma non vorrei che l'Angela pensasse che ti reggo il moccolo e che ti sono complice. Allora io sono un uomo di parola. Sono venuto qui anche se secondo me mi hai detto una balla. Se lo sapevo prima mica ci andavo in via Carloni. E i 400 non li volevo. Comunque io a te non ti ho visto e non ti rivedrò. Per questo il foglio è antedatato. Io non ti vedo dalla riunione di condominio. E se sei nelle grane io non ne so niente. Ne ho già abbastanza per conto mio».

Consonni lo assicurò, si sarebbe fatto vivo solo a cose sistemate, qualche giorno al massimo, per restituirgli la cifra. Stavano per salutarsi quando De Angelis, distrattamente, aggiunse:

«Ah, che sbadato che sono, mi dimenticavo. Quando ero nell'appartamento dei ragazzi ho avuto un colpo di fortuna. Hanno suonato il campanello da basso e il ragazzo è dovuto scendere giù a prendere un pacco, che aspettava con impazienza. Insomma mi ha lasciato tre o quattro minuti lì. Io mi sono guardato un po' in giro. Una camera era decisamente femminile, si capiva benissimo. C'erano anche delle fotografie attaccate al muro, di una bella ragazza giovane. Ecco, mi sono permesso di prenderne una, ce n'erano tante».

Estrasse dalla tasca interna del cappotto la foto, mostrandone il retro.

«Per questa ci vorrebbero altri 100, ma a giudicare da come sei messo, vale molto di più. Io invece te la regalo, comunque te l'ho detto. Io non ne so niente».

De Angelis consegnò l'istantanea.

Quando Consonni la vide restò impietrito: era lei, la bionda accoltellata nella vasca da bagno.

Uscito dal bar, Consonni si assicurò che il De Angelis non fosse rimasto in zona a spiarlo. Ma che faccio, di qualcuno mi dovrò pur fidare, intimò a se stesso Amedeo, spossato. Si incamminò in direzione Porta Ticinese, con l'idea di raggiungere il bar dove aveva incontrato la Ketty. Pioveva a dirotto. Camminando per le vie della zona di San Barnaba rifletteva, o almeno ci provava, sulla questione dei gemelli d'oro col simbolo del Milan. In fondo era l'unico indizio che aveva, sul possibile assassino, o perlomeno complice.

In via Mercalli vide una gioielleria, in vetrina erano in mostra anche alcuni eleganti gemelli d'oro e Consonni pensò di entrare, era aperto anche di domenica? Suonò il campanello.

La risposta tardò un po', alla fine gli aprirono.

Quando entrò con l'impermeabile leggero e ancora fradicio, le scarpe infangate, un cappellaccio sformato e la valigia tutta sporca, il proprietario si mise guardingo dietro un vetro: che fosse un malintenzionato? Perché gli ho aperto?

«Buongiorno. Vorrei un'informazione. Vedo che avete dei bei gemelli. Un mio amico ha dei bei gemelli d'oro col simbolo smaltato del Milan, la squadra di calcio».

«No, noi non abbiamo roba del genere, mi dispiace».

«Senta, non è che mi potrebbe dire dove hanno qualcosa di simile, sa, io non me ne intendo tanto».

Il gioielliere guardava la moquette del suo prestigioso negozio, lordata dal fango delle scarpe di Consonni e dai rivoli d'acqua sporca che scendevano giù da quell'impermeabile di plastica.

«Ma perché non se lo fa dire dal suo amico dove li ha presi se le interessa tanto?».

«Eh, beh, fosse possibile lo farei. Ma veda, il mio amico è morto, a lui ci ero molto affezionato. Li vorrei per ricordo. Sa, io non tengo neanche al Milan. Lui invece ci aveva la passione».

Il gioielliere rimase un po' interdetto, forse aveva giudicato in modo sbagliato quel tipo male in arnese.

«Beh, provi ad andare da questa gioielleria, non è lontano da qui». Gli scrisse il nome sul suo biglietto da visita. «So che fanno gemelli su ordinazione, magari le sanno dire qualcosa, e anche se non li hanno fatti loro quelli del suo amico, specie se ha un modello, glieli sanno replicare di sicuro. Guardi però che sono cari... e, non faccio per parlare male di un concorrente, ma la qualità del loro lavoro, rispetto a...».

«Eh, lo capisco... pazienza» disse un po' interdetto il Consonni. «La ringrazio molto». Non avrebbe mai pensato di possedere simili doti di simulazione. D'altronde.

Provò nella seconda gioielleria, che era a due passi. Anche lì non sembravano molto felici di vederlo entrare e si misero sul chi vive. Quello che li fece trasalire era che il Calelli, il loro odiato concorrente, lo aveva mandato da loro. C'era qualcosa sotto?

Consonni espose il suo problema e quelli, cioè probabilmente un marito e una moglie, risposero che no, non gli era mai capitato di realizzare gemelli d'oro col simbolo del Milan, loro avevano una clientela selezionata, non facevano di quella roba.

Poi era sicuro che fossero veramente d'oro? Magari erano di latta o dorati, roba da 15 euro che si trova dappertutto, anche ai mercatini.

Lo strano cliente uscì sconsolato, anche perché continuava a piovere. Capì che stava cercando qualcosa di introvabile. Ma non si sarebbe arreso facilmente.

L'ultima cosa che sarebbe passata per la testa ad Angela era quella di andare a cercare Amedeo da quella «signora» che qualche tempo prima si era invaghita del Consonni, convinta che fosse lui il proprietario della BMW roadster che invece apparteneva al De Angelis. Dei sentimenti del De Angelis per questa signora, che si chiamava Carmela e che gestiva il ristorante La Nuova Trapani all'Ortica, Angela non ne sapeva niente.

Ma sapeva che questa donna era venuta più di una volta a cercare il suo uomo alla casa di ringhiera, una volta portando in regalo dei cannoli, un'altra facendo una scenata, come se il Consonni le avesse fatto chissà quale promessa d'amore, promessa poi non mantenuta.

Le ributtava andare a cercare l'Amedeo proprio da quella donna, eppure non resistette, almeno voleva dare un'occhiata. Indossò il suo soprabito nero e gli occhiali da sole, anche se era nuvolo.

Il ristorante non era ancora aperto, Angela si dispose in una posizione defilata, cercando di osservare quello che succedeva. Nel muro davanti al ristorante c'era una scritta, semicancellata, ma tutto sommato ancora leggibile:

CARMELA IL MIO ERA SOLO UN SOGNO D'AMORE, SÌ, PERCHÉ IO L'AMORE LO POSSO SOLTANTO SOGNARE. ADDIO.

Che deficiente, chiunque abbia scritto una scemenza del genere. Non mi pare una cosa da Consonni, ma chi può dirlo? Allora quella zoccola di spasimanti ne aveva più di uno?

Mentre lei si aggirava con nonchalance nelle vicinanze del ristorante una persona si avvicinò e le disse: «L'ho riconosciuta, sa? È inutile che faccia finta di niente, che sta cercando qui?».

Angela si vide madornalmente scoperta e cercò di reagire in modo algido: «Sì, che c'è, parla con me? Di che si tratta, dica pure».

«Ah, di che si tratta, mi dice. Sono io che le dovrei chiedere di che si tratta, l'ho vista che da più di un'ora sta curiosando, che cosa o chi cerca? Se me lo dice la posso aiutare, anche se piuttosto la manderei all'inferno!».

«Come, cosa? Non capisco... parla con me?».

«E con chi? Lo so chi è lei, è inutile che si nasconda, lei è la compagna di quell'uomo di merda, di quel seduttore da strapazzo, di quell'infame ingannatore».

Angela non resistette più e terminò di recitare la parte.

«Come si permette lei di parlare così? È lei che è una cacciatrice di cuori, e per una volta l'ha presa in quel posto».

«In quel posto? In quel posto? Ma io le infilo le dita negli occhi, sa? Gatta morta che non è altro» e detto questo tentò di attaccare l'altra donna.

«Ah, aiuto! Si allontani, non mi tocchi» strepitava Angela.

Dal ristorante uscirono due o tre elementi appartenenti al personale di cucina, che si adoperarono per dividere le due donne.

La ex professoressa mulinava a destra e a manca la sua borsa, che come spesso succede pesava quasi quattro chili. A un giro le capitò di prendere in testa Carmela, che invece avrebbe voluto artigliarla con le unghie.

«Fermatevi, fermatevi» gridava Abdullah, che cercò di mettersi nel mezzo e rimediò una borsata nelle palle e un graffio sul naso. «Fermatevi!».

Ci volle l'intervento di altre tre persone per bloccare la rissa.

«Tornatene a casa, troia!».

«Vaffanculo, lurida zoccola».

E via dicendo.

Angela, sospinta da due energumeni, si allontanò, e raggiunta la sua Doblò cercò di rifiatare.

Beh, se non altro l'Amedeo non è qui.

In effetti l'Amedeo si era infilato in un altro bar, a prendere un caffè e a dare un'occhiata ai giornali. Cercava notizie fresche sulla ragazza morta, ne avevano individuato l'identità? In realtà c'era poco di nuovo, piccoli trafiletti, del cadavere di Zelata di Bereguardo non era ancora stato svelato nome e cognome, almeno nelle dichiarazioni ufficiali. Ma lui era più che sicuro che le forze dell'ordine sapessero qualcosa e che aspettassero che l'assassino, cioè lui, facesse un passo falso.

Ordinò un'altra china calda, per cercare di combattere l'influenza che sentiva avanzare dentro di sé.

Sui giornali dunque non comparivano novità significative, ma in una pagina di curiosità Consonni intravide qualcosa che non avrebbe pensato di intravedere, almeno in quei termini. La rubrica aveva un titolo strano, che lui stentava a comprendere, ovvero: «Spopola sul WEB». E che voleva dire? C'era una fotografia tratta da un sito web e accanto un trafiletto che recitava così: «SPOPOLA SUL WEB. LA RAGAZZA ACCOLTELLATA. Un artificio di photoshop? Foto virale sui social network. 100.000 clic in un giorno». Consonni non aveva la più pallida idea di che cosa fossero i social network, il photoshop, il web. Eppure non poté non notare la foto che ritraeva una giovane donna accoltellata nella vasca da bagno. Con un signore dai capelli bianchi, con indosso un cappotto grigio, che le infilava il pugnale nel petto.

La persona lì ritratta ebbe un mancamento, si aggrappò al bicchierino di vetro con gabbietta di metallo e chiuse gli occhi. Ecco, ci siamo.

«Chi è il misterioso killer?» diceva in tono semiserio il trafiletto. «Chi è la bella bionda pugnalata? E, non ultimo per importanza, chi ha scattato la foto?». L'articolo era scritto in una lingua che Consonni non comprendeva, per esempio si parlava di «foto virale», «fake» ecc. A giudicare dalla riproduzione fotografica stampata sul quotidiano non era facile riconoscere il killer, e della giovane era più facile intravedere le nudità che non il volto, immortalato in un'espressione orribile. Stranamente il breve testo si manteneva fra il serio e il faceto. Che cos'era, una trappola? La polizia aveva deciso di utilizzare questo mezzo per diffondere l'immagine?

Probabilmente non sono riusciti a capire chi sono e allora hanno reso pubblica la foto in questo strano modo per vedere se qualcuno mi riconosce!

E che devo fare allora?

Consonni ripensò al fatto che non c'era di mezzo solo la fotografia. C'erano anche le impronte digitali, e sicuramente avevano potuto rintracciare la telefonata intercorsa fra lui e la Ketty.

Come devo comportarmi? Domani, domani... ma ci sarà un domani?

Cercò riparo nell'ipotesi di trovare la Ketty, era forse la sua ultima ancora di salvezza. Raggiunse il bar dove lei gli aveva dato appuntamento più di una volta, in zona Porta Ticinese, e chiese notizie di lei: «Sa, la Ketty, quella ragazza mora con i capelli corti da una parte e lunghi dall'altra, con gli occhi verdi e gli stivali da soldato».

«Eccone un altro» disse il barista alla cassiera. «La cercano in tanti». Il barista non ebbe difficoltà ad ammettere che sapeva benissimo chi era la Ketty, ma era un po' che non la vedeva, poi lui non si faceva i fatti degli altri.

«Beh, vede, io avrei urgente bisogno di trovare la Ketty, sa...».

«Eh... quella lì è una testa matta, un giorno è qui, il giorno dopo anche, e poi non la vediamo per due settimane... Quella lì ha delle brutte abitudini».

«Quali brutte abitudini?».

«Per esempio quella di non pagare...».

«Perché, ha lasciato dei conti in sospeso? Le deve dei soldi?».

«E cosa pensa, che li devo io a lei? Che mi ha lasciato più dané di quelli che ha speso?».

«E a quanto ammonterebbe il suo debito?».

Il barista si incuriosì. Che ci fosse il modo di recuperare almeno una parte del suo credito, sul quale non aveva alcuna speranza di rientrare? Magari quello lì era suo padre, o un amante vecchio e rimbecillito che aveva preso una botta per la Ketty, chi mai poteva saperlo, con quella lì?

«Aspetti che ci guardo».

Consultò un quadernetto sdrucito.

«Quasi ottanta euro mi deve la Ketty... a forza di birrette e di Campari».

«E lei non ha un'idea, anche approssimativa, di dove la si potrebbe trovare?».

«Ah, se ce l'avessi l'andrei a cercare, anche se i posti che frequenta lei non mi piacciono neanche un po'».

«Perché, che posti frequenta, allora sa qualcosa?».

Il barista si insospettì. Ma chi era quello lì, mica sarà stato uno sbirro.

«Ma no, son cose che si dicono... io non so mica niente».

Consonni estrasse dal portafoglio 80 euro.

«Senta, io ho bisogno di ritrovare la Ketty, urgentemente, anche se ho una brutta sensazione...». Sventolò gli 80 davanti alla faccia del barista. «Io posso sanare il debito della Ketty, però lei un aiuto me lo deve dare».

L'altro ci pensò su. Che veramente fosse il padre? In quel caso non avrebbe voluto essere al suo posto. Sembrava un uomo distrutto, senza speranza, non era certo un poliziotto.

«Va bene, ci posso provare, aspetti qui un minuto». Uscì da dietro il bancone e andò a dire qualcosa a un tipo alto, giovane, che giocava con le macchinette slot. Parlarono per alcuni minuti, durante i quali il tipo si voltò per guardare Consonni, scuotendo la testa. Il barista si agitò un po', indicando la macchinetta e dopo anche la porta di ingresso. Poi tornò da Consonni.

«Lui è uno che la Ketty la conosce, però su quello che dice io la mano sul fuoco non ce la metterei».

«E che dice?».

«Beh, non so... secondo me... comunque ci sarebbe un dettaglio... Dovrebbe darmi 20 euro, quello lì ha finito i gettoni, e mi ha chiesto una ricarica».

«Una ricarica?».

«Sì, insomma...».

«Prima mi dica che cosa le ha detto, il debito lo pago comunque» e dispose gli ottanta sul bancone di stagno.

Il barista arraffò le banconote. «Beh, a quanto ne sa lui negli ultimi tempi la Ketty stava in una casa occupata, dalle parti della Bovisasca, dove c'è il centro sociale».

«Non c'è altro?».

«No».

Consonni estrasse altri 20 euro. «Allora mi dia una china calda. Quant'è?».

«Questa gliel'offro io, sinceramente non pensavo mai quei soldi di rivederli. E stia in gamba, vedrà che la ritrova. Quella lì non l'ammazza nessuno».

«Grazie» disse Consonni, colpito dall'ultima frase.

Dopo aver bevuto lentamente la china, che era bollente, uscì e si incamminò valigia alla mano alla volta della stazione della metro.

Enrico stava giocando con un vero esercito di gormiti. Era un bambino che riusciva a passare il tempo volentieri anche da solo. Disponeva i gormiti come soldatini, a centinaia, tutti in fila; la parte più divertente del gioco, e anche la più lunga, era questa, lo schieramento, in varie fazioni avverse, molto ordinate.

Da una parte c'era il Popolo della Terra, a fianco il Popolo del Mare e quello dell'Aria. Insomma il grosso delle forze, che rappresentava il Bene. Dall'altra parte c'erano le forze del Male, più esigue ma più potenti, in particolare il Popolo del Magma, il cui capo era il rarissimo Magmion, il Signore del Male, nel quale Enrico si identificava completamente, affiancato da Laviom, il Signore del Terrore.

Terminata la disposizione rapidamente il piccolo procedette con lo sterminare tutti i guerrieri, facendoli cadere a terra tramite una specie di manganello che sapeva lui, l'arma mortale. Alla fine di gormiti ne rimaneva in vita solo uno, Magmion, l'unico che sopravviveva alla generale carneficina.

«Ma chi te li compra tutti quei gormiti?» gli aveva chiesto Caterina, lei di bustine gliene aveva acquistate pochissime, trovava immorale spendere 3 euro per un microscopico soldatino di plastica.

«Il nonno».
«Ma è pazzo, spende un capitale».

Consonni, con la sua valigia infangata, decise che era venuto il momento di cambiare zona. Visto che in serata pensava di andare a cercare la Ketty al Centro Sociale alla Bovisasca voleva trovarsi un posto dove dormire da quelle parti. Gli venne in mente il residence in via Broglio che aveva visitato durante le sue ricerche di Marilou Kakoiannis-Sforza. Era un posto discreto, a basso prezzo. Chi sarebbe venuto a cercarlo proprio lì?

Prese una camera per una sola notte e la pagò in anticipo. I documenti? «Me li può dare anche dopo». Nella cameretta singola che gli fu assegnata riuscì a farsi una bella doccia. Il colore che si era dato ai capelli non doveva essere della migliore qualità e in parte si sciolse con l'acqua calda. Consonni si prese quasi paura quando vide l'acqua rosso scuro che gli colava dalle spalle. Pulito e profumato ravvivò la tintura dei capelli con un passaggio. Si fece anche la barba, lasciò solo due baffetti fini, alti due millimetri, giusto sopra le labbra (alla Clark Gable). Tinse anche quelli. Si guardò allo specchio e si fece schifo, ma questo era l'effetto che voleva raggiungere. Ci mancava che si applicasse la brillantina e che si pettinasse i capelli all'indietro. Per fortuna la brillantina non ce l'aveva. Domani la compro. Si mise una camicia pulita e il suo golf bordeaux 60% cachemire, quindi cercò di non pensare a niente almeno per cinque minuti, sul letto.

Dormì non più di mezz'ora. Quando si svegliò erano le sette passate e aveva una gran fame. Si mise la giacca ed ebbe un pensiero. Dentro la valigia recuperò il fagottino nella carta di giornale e se lo mise in tasca. Non si sa mai.

Uscì dalla camera in cerca di qualcosa da mangiare, era talmente avvolto nei suoi pensieri che non pensò a dove stava andando. Abbandonò la zona più frequentata della Bovisa e i ristoranti di via Andreoli, fra l'altro ce n'era uno che si chiamava proprio La Ringhiera... e si allontanò in direzione della Bovisasca, dove c'era il centro sociale. Si perse in alcune viuzze poco illuminate, fiancheggiate dai muri delle vecchie fabbriche, com'era fatta la Bovisa una volta. Solo che adesso quei muri erano tutti imbrattati di scritte con la bomboletta spray. Una diceva: «Il degrado ci aggrada». Ma che pirla, pensò.

Scorse delle luci più vivaci, era una trattoria dal nome strano: qualcosa tipo Enò. Era ricavata nei locali di una ex officina, di quelle col tetto di traverso. Fu attirato dalla scritta: cucina tradizionale milanese. Facevano la cassoela? Entrando gli piacque l'ambiente amichevole e i tavoli di legno. Peraltro era un ristorante nuovo di zecca, frequentato da giovani e da gente un po' alla moda.

Chiese se c'era posto e lo fecero accomodare nell'ultimo tavolo da due rimasto libero.

Consultò il menù, il quale, nella situazione psicofisica in cui si trovava, ebbe la virtù di consolarlo un po'. Fra gli affettati di antipasto c'era anche la brianzetta, ah... quant'era che non mangiavo la brianzetta. Per primo scelse risotto allo zafferano con ossobuco, per secondo trippa alla milanese. In fondo non gli capitava mai di mangiare queste cose, col fatto che si mangiano sempre. Si fece portare un quartino del rosso della casa.

Mentre stava aspettando la prima portata la proprietaria gli chiese se lo disturbasse che allo stesso tavolo si sedesse un'altra cliente, che era da sola. «Sa, qui ci si siede tutti al tavolo che capita». Consonni non fece obiezioni.

Si sedette una signora più o meno dell'età di Angela, ben vestita, dall'aspetto mediterraneo.

«Buonasera».

«Buonasera».

La signora svelò subito l'arcano.

«Mi deve scusare, ho chiesto io alla proprietaria di sedermi a questo tavolo, ne avevo uno prenotato, ma sa, mi secca mangiare da sola, è imbarazzante, dalle parti mie sono cose che non si fanno».

«Ma prego, si accomodi, signora». Consonni si alzò ed educatamente spostò la sedia per farla accomodare.

«Mi chiamo Amedeo Consonni».

«Io Pinuccia Acuatrano».

«Molto piacere».

«Veda, mi devo subito spiegare. Io sono venuta da Catania a trovare mia figlia che studia al Politecnico, qui vicino. Mi ha detto che mi portava al ristorante e mi ha dato appuntamento qui... poi mi ha chiamato e mi ha detto che ha un contrattempo e che non può venire, forse viene più tardi, mi richiama. E io adesso che faccio, la aspetto o non la aspetto? Questi sono i giovani d'oggi».

Ah, che belli i problemi normali, pensava Consonni mentre si gustava la brianzetta. La gente si fa il sangue amaro, vede catastrofi dappertutto, quando sono problemi da niente.

«Conosce questo salume? Si chiama brianzetta, al giorno d'oggi non è facile trovarlo, sa, sono tradizioni che si perdono».

Si misero a parlare di cucina. La signora, come ogni siciliano, maschio o femmina che sia, rivendicava la assoluta superiorità della cucina siciliana, in termini di qualità, quantità, genuinità eccetera.

Consonni invece difendeva la qualità della cucina lombarda, un po' sottovalutata ma di grande tradizione.

«Ha mai assaggiato la cassoela?». Cercò di elencarne gli ingredienti alla signora: piedini di maiale, orecchie di maiale, cotenne, costine, salamini, luganega, verza e tutto il resto.

La signora dentro di sé era un po' schifata, ma educatamente non lo dette a vedere. Elencò da par suo la meraviglia di alcuni piatti di pesce tipici della sua zona.

Insomma, sciolsero il ghiaccio e nell'ordine affrontarono i temi dei figli, dei tempi che correvano, della situazione, in cui non ci si capiva più niente. Consonni ebbe modo di distrarsi per un po' da tutti i suoi problemi.

«Mi creda, io mai ho conosciuto un milanese purosangue, noi, giù, abbiamo un po' di pregiudizi. Ci sentiamo malgiudicati dai milanesi, e invece lei è una persona così...».

«Guardi che noi milanesi non siamo mica tutti uguali, sa? A parte che di milanesi al cento per cento ormai non ce ne sono più, io per esempio vengo da Arosio, vicino a Cantù».

«Cantù, dove fanno i mobili?».

«Precisamente».

«Buonissima questa polentina, lo sa che noi in Sicilia la polenta neanche sappiamo che cos'è?».

«Un altro bicchiere di barbera?».

«Un goccetto solo, lei mi farà ubriacare...».

Alla fine della cena i quartini consumati ammontavano a quattro. Arrivati al caffè, tuttavia, una notizia risprofondò il Consonni nell'angoscia dei suoi guai. Il fatto era che la signora era avvocato penalista, mentre suo marito addirittura un giudice.

E dire che il Consonni alla signora una certa consulenza l'avrebbe chiesta volentieri. Ma resistette. Che le poteva raccontare, che un suo amico era nei guai perché lo ritenevano colpevole di un omicidio, mentre lui era innocente al cento per cento?

Dunque si limitò a dire che lui era un tappezziere in pensione, e che la gioia dei suoi occhi era il suo nipotino, Enrico.

Pinuccia scosse la testa: aveva tre figli, di cui quella che studiava al Politecnico era la minore. Gli altri, di ventinove e ventiquattro anni, non solo non mostravano nessuna intenzione di fare figli, ma nemmeno di sposarsi.

«Dovrò aspettare un bel po', ammesso che ne abbia la fortuna».

Di fatto la figlia della signora Pinuccia non si fece viva. Mandò un messaggino alla mamma dicendo che aveva fatto tardi, che si sarebbero viste l'indomani.

«Ha capito di che pasta sono fatti i giovani d'oggi?».

«Eh, non lo dica a me».

Portarono il conto e Consonni insistette per pagarlo lui.

«Ma lei ha voglia di scherzare...».

«Le assicuro, mi offenderei».

«Ma mi mette in imbarazzo».

«Ma si figuri».

«Lei è veramente molto gentile, ma stia sicuro che troverò il modo di ricambiare». Gli consegnò un elegantissimo, anche un po' pacchiano, biglietto da visita: «Avvocato Pinuccia Acuatrano...». «Mi raccomando...».

«Se le dicessi dove devo andare adesso non mi crederebbe».

«E perché, dove deve andare?».

«In un centro sociale, li conosce?».

«Ne ho sentito parlare...».

La signora per tornare al suo albergo dovette chiamare un taxi. Consonni aspettò che arrivasse e galantemente le chiuse la portiera. Il taxi partì, l'avvocato lo salutò con la manina. Consonni allontanandosi controllò il conto, doveva stare più attento ai soldi che spendeva. Quanto sarebbero durati quelli che gli aveva dato De Angelis? Toccò il pacchettino che aveva in tasca, per rassicurarsi.

Si incamminò e in breve raggiunse il centro sociale Okkup/azione, un ex stabilimento abbandonato da tempo, fatiscente. Fuori c'erano degli striscioni pieni di scritte, i muri esterni erano tutti dipinti con le bombolette. Fin da fuori si sentiva una musica ritmica, gli ricordava il rumore che fa la macchina della risonanza magnetica.

Quando l'Amedeo varcò il cancello d'ingresso alcuni ragazzi, pieni di orecchini da tutte le parti, sui padiglioni auricolari, in faccia, sul naso, lo guardavano come fosse un alieno. Ne vide un paio che avevano l'anello al naso e altri con delle strane cose nelle orecchie che gli allargavano i lobi, come le tribù africane. Si sentiva a disagio: «Ma cus'è 'sta roba?».

Si guardava intorno alla ricerca di Ketty. C'era di tutto, anche dei genitori coi bambini piccoli: ma non era un po' tardi? Come fanno a resistere, non piangono? In molti fumavano. Che fosse droga?

Consonni riuscì a entrare nello stanzone da dove proveniva il rumore. Un tipo rasato con un amo da pesca infilato in una guancia gli chiese 10 euro, un po' incerto. Lui glieli dette.

La musica era assordante. Sul palco, che era realizzato con dei pallet, c'era l'artista, un signore non più giovane, molto magro e con gli occhiali, che manovrava alcuni strumenti pieni di interruttori e lucine, e che ogni tanto accennava a dei passi di danza con le braccia. I giovani erano in delirio al ritmo di questo frastuono.

A un certo punto si mise a cantare in francese. Il francese era l'unica lingua che il Consonni avesse un pochino studiato a scuola e poi ai suoi tempi gli piacevano le canzoni di Yves Montand e di Georges Brassens. Insomma credeva di capirlo: il cantante parlava di certi problemes d'amour.

Non c'erano pause fra una canzone e un'altra, il cantante fumava sempre, mentre armeggiava a tutti i suoi macchinari che producevano suoni assordanti, praticamente solo tum-tum-tum.

Nella canzone successiva il cantante diceva sempre la stessa frase, che al Consonni suonava così: Ossescion, for ve disco frics. Lui purtroppo non capiva l'inglese.

Ai suoi tempi gli piacevano tanto i New Trolls che facevano musica elettronica eccetera, il suo pezzo preferito era *Visioni*. Mica era un oscurantista in campo musicale. I suoi amici lo prendevano anche in giro perché erano un po' più grandi di lui, ed erano rimasti a Maurizio e i New Dada. Fra l'altro lui il Maurizio l'aveva anche conosciuto una volta, a Corsico.

C'erano manifesti appiccicati dappertutto, quel cantante aveva un nome straniero. Però a un certo punto qualcosa non funzionò con gli amplificatori e il cantante disse: «Un sento più nulla» e allora Consonni si chiese se quel nome esotico fosse uno pseudonimo. Comunque in quel caos non ci capiva più niente. I ragazzi e le ragazze lo guardavano male, e quando lui passava vicino commentavano fra di loro: «Sbirro di merda», ma a lui non gli dicevano niente. Chissà, forse erano convinti che fosse un poliziotto in borghese. Decise di togliersi di lì, tanto al concerto la Ketty non c'era. Aveva scrutato il pubblico in lungo e in largo. Non c'era.

Uscendo cercò di farsi capire da quello che gli aveva preso dieci euro, che doveva essere uno dell'organizzazione: gli allungò altri dieci euro. Urlava più che poteva: «Senta, non è che conosce una che si chiama Ketty? L'ha vista? Una ragazza alta coi capelli neri neri, rasati da una parte?».

Tum-tum-tum.

«E chi la cerca, la PS?».

Tum-tum-tum.

«Noo, noo, non sono la PS, sono suo padreee».

Tum-tum-tum.

«Anche se l'avessi vista non glielo direi, comunque non l'ho vista. È un po' che non si vede».

Tum-tum-tum.

«Grazie lo stesso».

Il centro sociale era molto grande: delle scale portavano di sopra, in quelli che una volta dovevano essere gli uffici. C'erano delle stanze, senza porte. Tanti manifesti attaccati alle pareti, uno sopra l'altro. Finì in un ambiente pieno di fumo dove c'erano sei o sette elementi che parevano discutere animatamente di certe questioni politiche. Quando quelle persone videro Consonni gli dissero: «Tutto a posto, brigadiere, tutto a posto».

«Conoscete una certa Ketty?».

I sette si guardarono allibiti, accennando al gesto con la mano davanti al naso, che si fa in presenza dei matti.

In piena notte Consonni se ne tornò sfinito alla sua stanza dall'affittacamere della Bovisa: ma che fine avrà fatto la Ketty? Si è prestata per la trappola e adesso hanno eliminato anche lei? Magari troveranno presto una ragazza coi capelli neri, alta e magra, oppure non la troveranno mai.

Giorno tre

La mattina presto Consonni lasciò l'affittacamere della Bovisa come un vero fuggitivo, con la sua vecchia valigia, che per lui in questo momento era una sorta di appiglio, la sua casa. Prese un treno per Pavia. Un signore che era sceso a Locate Triulzi aveva lasciato sul sedile alcune riviste e certi materiali di propaganda religiosa: Testimoni di Geova. Consonni gli dette un'occhiata e se li infilò nella grossa tasca interna dell'impermeabile. Non si sa mai.

Scese a Pieve Emanuele, dove non si sarebbe mai aspettato avessero costruito tanti enormi palazzi, che fra l'altro sembravano tutti abbandonati. Dalla posizione in cui era non riusciva a vedere le torri dell'ecomostro, delle quali tanto avevano parlato i giornali. Da lì prese un bus per Binasco. Lui non era mai stato da quelle parti, se non forse per lavoro, trent'anni prima. Una sfilza di case e di officine, edifici lasciati a se stessi.

Poco dopo le otto del mattino era già appostato di fronte alla casa dei signori Morpurgo, i genitori di Amelia, in via Alessandro Volta. Una casetta a due piani per metà rivestita di mattoni, per l'altra intonacata di bianco, con una strana finestra di vetri lavorati sulla rampa di scale.

Nel passato recente gli era capitato di dover visitare dolorosamente – che questo dolore fosse fondato o meno – i genitori di alcune vittime. Adesso non voleva che si ripetesse una simile situazione, anche perché non aveva nessuna intenzione di buttarsi allo scoperto, con quello che sapeva.

Che senso avrebbe avuto presentarsi davanti al padre e alla madre di Amelia, probabilmente ignari, in quel momento, della tragedia avvenuta. A che scopo, per raccontargli cose che loro ancora non sapevano? E a che titolo?

Si era ripromesso di dare un'occhiata. Primo, capire se la famiglia era stata informata, se era cambiato qualche cosa. Secondo, se ci fosse stato il modo di carpire qualche informazione in più su Amelia, sulle persone che frequentava, sulla sua breve esperienza di vita. Certamente la vita dei genitori di Amelia, figlia unica ventitreenne, avrebbe presto conosciuto un baratro senza remissione. Ma che colpa ne aveva lui?

Si appostò all'esterno della villetta, per sorvegliare. Ricominciò a piovere.

Consonni non sapeva dove rifugiarsi, per l'appostamento gli avrebbe fatto comodo un'automobile, purtroppo non ce l'aveva. Per fortuna la casa di fronte era disabitata, c'era anche un bel cartello, VENDESI, recante il nome di un'agenzia immobiliare del paese. Così Consonni superò un cancellino e poté ripararsi sotto un portico all'americana. Lì si nascose, al coperto.

Si pose in osservazione. Nella casa di fronte non parevano mostrarsi segni di particolare agitazione.

Alle 8 e quindici quello che con tutta probabilità era il signor Morpurgo uscì con la macchina, una Opel Corsa. Pareva tranquillo, evidentemente andava al lavoro. Visto da lontano sembrava essere un soggetto comune, sui 50-55 anni. Chissà che lavoro faceva, troppo giovane per essere già in pensione, ma chi può dirlo.

Nelle due ore successive non accadde assolutamente niente, tanto che Consonni cominciò a pensare che forse in casa non c'era nessun altro. Nel frattempo aveva smesso di piovere, era rimasta una nebbiolina bassa che gli facilitava il compito. Uscì allo scoperto e si avvicinò alla villetta. Le finestre del piano terra erano protette da inferriate solide. Davanti al cancelletto osservò la cassetta della posta e scrutò in direzione del portoncino di ingresso.

Fu molto sorpreso quando una voce femminile, dietro di lui, gli chiese: «Cerca qualcuno?».

Una signora incappottata, che evidentemente era uscita dalla porta sul retro, lo osservava alle sue spalle.

Consonni si vide perduto, ma ebbe un'illuminazione improvvisa e voltandosi domandò: «Lei legge la Bibbia? Crede nell'attualità del messaggio biblico?».

La signora capì subito, un Testimone di Geova, tuttavia, anziché reagire come fanno tutti, cioè dire che era molto impegnata e che non aveva nessuna intenzione di mettersi a parlare della Bibbia, rispose: «Certo che la leggo, venga, si accomodi», e accolse in casa quell'uomo, che aveva estratto il materiale sottratto ad altri proseliti, aprendo il portone principale. «Venga, venga, si accomodi, ma guardi che ho solo cinque minuti, ha visto che stavo uscendo, devo andare a fare la spesa e il tempo vola».

Consonni, che aveva le scarpe bagnate, si pulì sullo stuoino. Appoggiò la valigia sporca sul pavimento. Una volta all'interno non sapeva proprio cosa dire, cercò di consultare freneticamente i titoli delle riviste che aveva con sé.

«Lei crede di essere pronta per la fine del mondo? Lei conosce i Testimoni di Geova?».

Nonostante quella signora paresse veramente gentile aveva il timore che sarebbe stato a breve termine buttato fuori di casa.

Invece la signora lo guardava con benevolenza e lo lasciava parlare, pur senza togliersi di dosso il cappotto.

Consonni cercò di ricordarsi le frasi che aveva sentito dire dai Testimoni, quando avevano bussato al suo portone, ma fece una grande confusione, cercando di ripetere a pappagallo frasi tratte da *La torre di guardia* e da *Svegliatevi!*

La signora Morpurgo lo lasciò parlare, quello sudava e sbuffava, balbettava.

Concluse che si scusava per il disturbo e che...

«Lei non deve scusarsi affatto, vede, sia io che mio marito siamo Testimoni, da un bel numero di anni, ma lei a quale congregazione appartiene?».

«Beh...» Consonni era in afasia, «... a quella della

Brianza». Ci sarà ben stata una congregazione in Brianza, fra l'altro era la sua zona di provenienza.

«Ah, vuol dire la congregazione di Arcore Monza e Brianza, è una congregazione importante, e perché è venuto da queste parti?».

«Ero in visita da certi parenti in zona e allora mi son detto di fare un po' di ore qui, per non sprecare il tempo».

Si vergognava di dire simili bugie a questa brava signora, che l'aveva fatto entrare in casa propria accogliendolo con gentilezza e nei confronti della quale provava una pena infinita, per quello che era successo a sua figlia e che pareva lei ancora non sapesse.

«È per quello che è da solo... noi ci muoviamo sempre in due, come si dovrebbe. Sa, noi siamo Servitori di Ministero... apparteniamo alla congregazione di Melegnano, però per via di certi conoscenti visitiamo spesso la Sala del Regno di Melzo. Conosce?».

Consonni si vide perso.

«Beh, scusi tanto ancora una volta, devo lasciarla, non le prendo più tempo, e mi perdoni per la mia improntitudine, come avrà capito sono alle prime armi».

«Eh, beh» la signora strizzò un po' gli occhi con aria di complicità «l'avevo capito... ma se ha bisogno di noi siamo sempre a disposizione. E guardi, un consiglio glielo posso dare subito, non si usa più di presentarsi al citofono chiedendo se si legge la Bibbia. Anzi, devo avere da qualche parte un opuscolo... Aspetti che vado a cercarlo. Dev'essere nel comò. Contiene una serie di suggerimenti su come presentarsi alle famiglie, a cura della congregazione di... non mi ricordo bene».

Mentre la signora in camera cercava l'opuscolo Consonni capì che era il momento di darsela a gambe. Quando la signora tornò all'ingresso vide che la porta era aperta e che quel signore non c'era più.

Ossignur, pensò, ma non lo disse perché è peccato. Uscì, chiuse la porta a doppia mandata. Quel testimone novizio si era dileguato, non lo trovò all'esterno, e si incamminò verso il «centro», scuotendo la testa.

In realtà Consonni non era uscito, ma si era nascosto dentro casa, dietro una tenda. Cosa ho fatto, cosa ho mai fatto, e adesso? Ormai era accaduto, era chiuso nella casa di quei due poveri signori, marito e moglie.

Si aggirò per le stanze, alla ricerca di qualche rapida rivelazione. Non ne trovò molte nella camera matrimoniale, arredata in stile tardi anni Ottanta, il periodo in cui probabilmente i coniugi Morpurgo si erano sposati e avevano messo su casa. Accanto alla master bedroom c'era un'altra camera.

Si capiva subito che quella era la stanza della figlia. L'arredamento doveva essere lo stesso di quando era una giovane adolescente, per giunta in un angolo erano raccolte alcune bambole, che parevano guardare l'intruso con espressione attonita.

A Consonni venne da piangere. Si immaginava che tutto ciò era finito, perché la ragazza era morta, e i suoi genitori, evidentemente, ancora non lo sapevano.

La stanza era come congelata, rimasta a due o tre anni prima, quando Amelia se ne era andata via, a studiare, giù a Milano.

Sulla parete della cameretta c'era un pannello con sopra appiccicate molte fotografie, una sorta di riassunto della vita di Amelia, da quando era bambina a quando era sui diciott'anni. Foto della squadra di softball, altre, tipo autoscatto. Inquadravano gruppetti di giovani, con Amelia sempre presente, qualche ragazzo, ma nella maggioranza altre ragazze. In questi scatti compariva quasi sempre un'altra adolescente, alta, nettamente meno bella di Amelia, doveva essere la sua amica del cuore, almeno in quel periodo.

Consonni ebbe uno stranguglione a pensare che quel pannello apparteneva a una ragazza che non c'era più.

Pensò a sua figlia Caterina, ai periodi di difficoltà, quando lei non ne voleva più sapere della famiglia, della cameretta, della Luigina, pace all'anima sua, di suo padre. Adesso Caterina era vicina ai quarant'anni, aveva un figlio di quasi cinque, un ex marito, una relazione che funzionava a corrente alternata, un lavoro di merda, presso un'agenzia immobiliare. Eppure aveva una vita, era attiva, anche lei per un periodo aveva appiccicato le sue foto affettive sul muro della cameretta. Però quelle foto dicevano ancora qualche cosa, il filo non si era rotto, e lei le poteva guardare con un po' di ironia e magari rimpianto. Ma nel caso di Amelia questo non sarebbe più potuto accadere.

Consonni avrebbe avuto voglia di strappare tutte quelle foto, almeno riporle in un cassetto. Doveva stare attento.

Chi era stata, o forse era tuttora, l'amica fidata di

Amelia? Con cura staccò alcune foto per vedere se c'era scritto qualcosa dietro.

In una era raffigurata una ragazza molto carina. Sul retro c'erano delle frasi rituali, del tipo «fino al giorno che morte non ci separi». Era questa la migliore amica? C'era scritto anche il nome, si chiamava Monica, Monica Sacchi, chissà se si erano viste di recente.

Uscì da quella casa passando dalla parte sul retro. Aveva la morte nel cuore, perché quella coppia di coniugi avrebbe passato gli anni a venire in un buco nero di sofferenza senza speranza e senza una ragione.

Questa ragione, almeno questa, toccava a lui scoprirla, anche perché se non l'avesse scoperta, sarebbe stato lui a pagare di persona. Era giusto?

Pioveva forte e faceva freddo. In via Alessandro Volta si avvertiva un po' di concitazione. Lo prese il terrore quando vide che c'era una macchina della Polizia Municipale, con il lampeggiante acceso ma senza rumore di sirena, ferma proprio davanti alla casa in vendita, quella dove si era rifugiato. Si dileguò, nessuno sembrò badare a lui. Chissà perché quei vigili erano lì, stavano cercando lui? Lo avevano visto aggirarsi in zona e penetrare oltre il cancelletto?

Raggiunse il centro di Binasco e si mise ad aspettare il pullman per Rozzano, sotto la pensilina. Monica Sacchi. Che abitasse da quelle parti?

Caterina Consonni entrò furiosa con la sua Renault Twingo nella corte della casa di ringhiera e, con grande sprezzo dei regolamenti, lasciò l'auto nel mezzo. Con l'Enrico per mano, salì a tutta velocità la rampa di scale che conduceva al ballatoio dove c'era l'appartamento occupato da suo padre, appartamento del quale lei era proprietaria al 25 per cento.

Si attaccò al campanello, nessuno rispose. Allora estrasse le chiavi di casa ed entrò. Effettivamente la casa era vuota. Anche lei vide la camera in subbuglio, suo padre aveva fatto i bagagli in fretta. Ma dov'era sparito? Sicuramente quella sciagurata della sua «fidanzatina», la Mattioli, lo aveva convinto a partire per dove sapeva lei, incurante del fatto che quel lunedì l'Amedeo avrebbe dovuto tenere il nipotino dalla mattina alla sera, e poi anche a dormire, come da accordi.

E adesso, se non si trovava quell'imbecille, a chi smollare l'Enrico? Caterina si aggirava per l'appartamento, alla ricerca di altri indizi. Entrò nella seconda camera da letto, quella che in passato era stata la sua, dove di solito dormiva Enrico quando passava la notte dal nonno, di preferenza il giovedì.

Nel frattempo il bambino si era fiondato in cucina, aveva aperto lo scomparto segreto dove erano custodite decine di confezioni di Kinder Pinguì e ne aveva scartate e divorate il più possibile, ben sapendo che la mamma lo avrebbe presto scoperto.

Infatti Caterina arrivò di lì a poco, senza riuscire a impedire che Enrico divorasse almeno quattro Kinder.

«Lo sapevo, lo sapevo che quello stronzo ti dava di nascosto questa roba».

Caterina avrebbe voluto far vomitare ad Enrico quello che aveva mangiato. Lo perquisì e gli trovò in tasca cinque o sei confezioni di Pinguì. Le sequestrò immediatamente.

«Vuoi diventare anche tu obeso?».

C'è cascata, pensò il bambinetto. I Kinder in tasca erano solo un diversivo. La vera riserva, una cinquantina di confezioni, l'aveva infilata nello zainetto, sotto la merenda, pane, burro e miele. Che schifo pane burro e miele, che se lo mangiasse lei!

Enrico cambiò strategicamente discorso. «Mamma, il nonno dov'è andato?».

«Eh? Il nonno? Eh, è in viaggio...».

«Ma con chi? Con la nonna Angela?».

«La nonna Angela? Ma cosa stai dicendo... quella non è tua nonna».

«Però è la fidanzata del nonno... li ho visti che si baciavano».

«Ah, smettila di dire idiozie... dai... andiamocene». Uscirono dall'appartamento dell'Amedeo.

Inferocita, Caterina provò a suonare al campanello della Mattioli, convinta che fosse assente anche lei, in quanto in viaggio di piacere con suo padre, ma magari c'era qualcuno che poteva darle notizie. Invece, sorprendentemente, le aprì Angela Mattioli in persona. A Caterina questa signora ex professoressa non era mai piaciuta. Era sicura che la relazione con suo padre fosse motivata dal puro interesse, mettere le mani sul bell'appartamento del Consonni, elegantemente e sapientemente rifinito, con grande gusto. E se l'Amedeo si fosse risposato? Caterina neanche ci poteva pensare, vedeva quest'ipotesi con terrore. Metà dei tre quarti di proprietà del padre sarebbero finiti a quella là, che sicuramente avrebbe propeso per la comunione dei beni... e allora...

Pur se recalcitrante Caterina affrontò la Mattioli e le chiese se avesse notizie di suo padre, che era scomparso, non rispondeva al telefono e non si trovava. Lei ne sapeva qualche cosa? Che fosse nascosto in casa sua?

Angela non nutriva nei confronti di Caterina sentimenti analoghi, anzi, più di una volta aveva cercato di avviare con lei un dialogo, senza mai riuscirci.

«Non so dove sia l'Amedeo, ha preso la valigia e se ne è andato, a me non ha detto niente, l'ultima volta che l'ho visto è stato venerdì sera dopo la riunione di condominio. Ha detto che aveva un appuntamento, ma non so con chi. Ha fatto un po' il misterioso, ho il sospetto che...».

«Il sospetto che...?».

«Che ci sia una donna di mezzo, molto giovane...».

Oddio, davanti a Caterina si aprì un baratro ancora più spaventoso. Aveva perfettamente intuito l'allusione, confermata dall'atteggiamento innervosito e sarcastico della Mattioli. Che si fosse preso una cotta per un'altra?

Magari una ucraina o una moldava, di queste con le gambe lunghe due metri e prive di scrupoli etici. E se fosse stata Ludmilla, la ex baby-sitter di Enrico? Quella lì non era più giovanissima, ma ciò non significava che non fosse una molto sveglia. Che l'avesse messo nel sacco?

Enrico nel frattempo era sgattaiolato via, alla ricerca dei bambini peruviani del secondo piano. Con loro si divertiva un mondo perché erano dei veri teppisti. Mai in vita sua aveva goduto tanto come quando dal ballatoio più alto avevano lanciato sulla macchina del De Angelis e sulla persona della Mattei-Ferri il cosiddetto Bombo atomico, un gavettone sigillato pieno di vernice.

Dopo un breve scambio con Angela, che manteneva un atteggiamento altero e distaccato sull'Amedeo, Caterina dovette tirare i remi in barca.

«Ah, appena lo becco, quello mi sente... e come faccio oggi con l'Enrico?».

Recuperò il bambino che aveva acceso la pompa dell'acqua e si riproponeva di schizzare la corte della casa di ringhiera, compresa la BMW del De Angelis. Appena in tempo. Ma mentre stava per ripartire con la Twingo, a Caterina venne in mente un pensiero agghiacciante. Intimò all'Enrico di non muoversi assolutamente dalla macchina e di volata risalì la rampa di scale, rientrò come un lampo nell'appartamento del padre. Andò in cucina e si mise a cercare furiosamente nel nascondiglio segreto del Consonni, dentro la cappa aspira-fumo, dove teneva i suoi valori, ben poca cosa ad eccezione del lingottino d'oro da un chilo. C'era da immaginarselo: il lingottino non c'era più.

Figlio di puttana, si è fregato il lingottino da 35.000 euro, e lo avrà venduto sottoprezzo a un compro-oro. Chissà dov'è adesso quel maiale, sarà in Costa Azzurra, in Costa Smeralda con quella puttana sovietica!

Naturalmente nel frattempo Enrico era uscito dalla macchina e aveva riacceso la pompa per schizzare la macchina del De Angelis. Però bagnarla e basta non gli dava nessuna soddisfazione, così indirizzava il getto per terra, dove c'era la polvere e la fanghiglia e di rimbalzo prendeva la carrozzeria della BMW, inzaccherandola a dovere.

«Vieni qui, delinquente!». Caterina partì a razzo. «Dobbiamo chiamare la polizia! Dobbiamo ritrovarlo a tutti i costi!».

De Angelis aveva notato che quel teppista gli stava sporcando la macchina, ma non ebbe il coraggio di uscire a redarguirlo, non voleva incontrare Caterina e parlare con lei di suo padre.

Caterina si fermò al commissariato più vicino, per denunciare la scomparsa del padre, che non si vedeva da un paio di giorni. L'agente che registrava la denuncia era un po' perplesso. «Ma lei sostiene che suo padre è scomparso, eppure se ne è andato di sua volontà, con bagagli e tutto, non ci sono gli estremi per dichiararlo scomparso».

«È questo che mi preoccupa, non ha mai fatto una cosa del genere».

«Aspetti che chiedo».

Chiese al superiore, il quale cercava di ricordarsi: «Consonni Amedeo, Consonni Amedeo... questo nome non mi è nuovo...».

Consonni arrivò al centro commerciale di Rozzano, che si chiama «Fiordaliso». Ne aveva sentito parlare ma non c'era mai stato prima, Angela una volta gli aveva proposto di andare a passarci la domenica, però a lui i centri commerciali, pur non essendoci mai stato, non lo attiravano granché. E adesso era lì, nell'«unico centro dove fai shopping immerso nel verde». Questo verde consisteva in piante verticali appoggiate ai muri di cinta. Consonni si aggirò un po' intimorito lungo il muro, pareva una cerchia medievale difensiva, anche se era abbellita da moltissime piante con fioriture di vari colori. Su un pannello di stoffa era riportata la scritta: «Il giardino verticale più grande del mondo. 1.263 MQ». Vabbè, un giardino di mille metri quadri non è mica poi così grande... Trenta metri per trenta, però, essendo verticale. Boh? Osservò una scultura che rappresentava dei tronchi d'albero.

Raggiunse l'ingresso, protetto da una struttura incombente di legno, riuscì a entrare all'interno del fortilizio e si sentì subito un po' perso: c'erano scale mobili dappertutto e cartelli simili a quelli stradali.

Il suo primo obiettivo era di comprarsi alcuni capi di abbigliamento, per essere ancor meno riconoscibile, e inoltre di passare qualche ora in totale solitudine in un luogo anonimo e pieno di gente. Vedeva tanti studenti che si aggiravano in gruppo: ma non vanno a scuola?

L'unico marchio che aveva già sentito nominare era quello dell'Oviesse e quindi si recò lì, per fare acquisti a buon prezzo.

Raggiunse il settore Uomo e individuò qualche pantalone casual, camicie e pullover estivi di cotone. Poi pensò che quello era il suo modo di vestire standard e decise di cambiare registro, adocchiò delle polo a maniche lunghe e due felpe con le scritte grosse, molto colorate.

Vide uscire dal camerino un signore sui sessanta. Lì fuori c'era la moglie: «'Ste braghe me piasen minga» disse l'uomo, invece la moglie cercava di convincerlo che gli stavano benissimo. Si allontanarono di qualche metro per interrogare la commessa e farsi mostrare qualche altro modello o colore. Consonni entrò nel camerino con sottomano un paio di polo sgargianti, un pantalone color caki con le tasche laterali, all'altezza delle cosce, e due felpe di colori che mai in vita sua si sarebbe sognato di indossare. Si spogliò e attaccò agli appendiabiti la sua roba. Non poté fare a meno di notare che lì c'erano i pantaloni di quel signore. Guardò meglio: nella tasca posteriore destra c'era il portafoglio. Scostò la tendina per vedere se il signore era in arrivo. No.

Allora, senza neanche pensare a quello che faceva, estrasse il portafoglio dalla tasca e ci guardò dentro. Conteneva 65 euro e una quantità di fogli e foglietti. Consonni sudava freddo mentre rovistava, finché trovò quello che avrebbe potuto fargli comodo, la carta d'identità, seminascosta in uno scomparto laterale. Arnaldo Mascheroni, nato a Robecco sul Naviglio il 7-12-1950. Sentì delle voci in avvicinamento, rimise a posto il portafoglio ma la carta d'identità se la infilò in tasca. Il signor Mascheroni rientrò sacramentando contro la moglie e la commessa:

«Oh, mi scusi» disse Consonni. «Sono entrato qui, non credevo fosse già occupato, esco subito».

«Gnent, gnent, l'abbiam fatto tutti il soldato, no?».

«Beh, grazie».

Il signor Mascheroni si tolse i pantaloni che non gli piacevano affatto e rindossò contento i suoi. Consonni uscì cercando di tenere sempre la testa girata dall'altra parte. E se questo se ne accorge? L'altro, rivestito, raggiunse la moglie, i due confabularono un po' e se ne andarono alla cassa. Consonni tornò nel camerino e in fretta e furia si rivestì anche lui. Gliela restituirò appena possibile, pensava, speriamo che non se ne accorga proprio adesso. Per fortuna non aveva preso neanche un centesimo dal portafoglio, se lo avesse fatto l'altro si sarebbe certamente insospettito.

Andò a pagare alla cassa, alla fine acquistò solo una polo nera, dopo essersi assicurato che i due coniugi Mascheroni se ne fossero andati via. Chiese alla cassiera se sapeva dove potesse trovare una cabina per farsi delle fototessera. Ce n'era una dall'altra parte del centro commerciale. Ma prima doveva comprarsi degli occhiali nuovi.

Trovò un lussuosissimo centro ottico dove promettevano di prepararti lenti da vista di qualsiasi tipo in due ore. Scelse una montatura nuova, pensando all'opposto diametrale di quello che avrebbe gradito indossare. Quindi individuò degli occhiali a goccia, stile California, con montatura color bronzo. Per quanto riguarda le lenti scelse quelle fumé, in una sfumatura che andava dal marroncino al rosa sporco. Se le provò: erano vetri non corretti, allo specchio non riusciva a vedersi bene, comunque l'impressione generale fu quella di non avere davanti a sé se stesso, il che rappresentava l'obiettivo. Gli ottici misurarono la gradazione degli occhiali vecchi di Consonni e invitarono l'acquirente a tornare nel giro di due ore, due ore e mezzo al massimo.

Quindi aveva tempo a disposizione per risolvere altri problemi. Prese ad aggirarsi per l'immenso centro commerciale, alla ricerca di materiale e di un'idea.

In effetti il centro commerciale di idee ne dava tante, per esempio Consonni si trovò a passare davanti a una scritta che diceva così: «Questa cesata sarà nera per qualche tempo, ma quando il negozio aprirà capirete perché valeva la pena aspettare». Sapeva benissimo che cos'è una cesata, quindi è inutile spiegarlo. Ma quale mistero si celava dietro di essa?

Si fermò in una cioccolateria per prendersi qualcosa di caldo e per fare il punto della situazione. Al tavolo controllò la carta d'identità: effettivamente non pareva così facile sostituire la foto, e c'era un problema, le foto appiccicate sulle carte d'identità sono timbrate a sbalzo col marchio del Comune rilasciante, in questo caso quello di Rozzano, all'interno del quale risiedeva il Mascheroni.

Ma nei centri commerciali si trova di tutto. Nel reparto di oggettistica per la cucina trovò degli stampini circolari per biscotti: scelse quello con sopra scritto Merci maman e altre boiate tutto intorno, al centro era raffigurata una bambina con le trecce, un disegno stilizzato che da lontano poteva anche assomigliare allo stemma di Rozzano, qualsiasi esso fosse. Sull'altro c'era scritto Home made, ma i caratteri erano troppo grossi.

Consonni vagava senza meta, cercando di non perdere tempo. Monica Sacchi, Binasco. Doveva trovarla. Si fermò alle cabine telefoniche dopo essersi procurato un elenco telefonico della zona.

A Binasco di Sacchi ce n'erano un bel po', otto. Non c'era altra soluzione che tentare.

«Vorrei parlare con Monica Sacchi, per favore».

«Qui non c'è nessuna Monica».

«Scusi ho sbagliato numero».

«Vorrei parlare con Monica Sacchi, per favore».

Gli risposero in una lingua che non comprendeva, cinese?

«Vorrei parlare con Monica Sacchi, per favore».

«La Monica non sta qui, ma lei chi è?».

«ASL di Binasco, sa dove posso trovarla? Sto parlando di Sacchi Monica, nata a Binasco nel 1988».

«Chiami questo numero qua – glielo dettò – è mio fratello Ugo, la Monica è mia nipote».

«Mi scusi tanto».

«Prego».

Tramite il signor Ugo, per meglio dire tramite sua moglie, Consonni riuscì a entrare in possesso del numero di cellulare di Sacchi Monica.

«Pronto, buongiorno, la signorina Monica Sacchi, nata a Binasco?».

«Sì, sono io, chi parla?».

«Lei non mi conosce, mi chiamo... io vorrei parlarle un attimo di Amelia, Amelia Morpurgo, la conosce, no? So che siete amiche, lei l'ha sentita negli ultimi giorni?».

«Amiche noi, ma lei è pazzo?».

«Bah, io pensavo, mi hanno detto, insomma, eravate compagne di scuola, no?».

«Ma lei che vuole, è uno scherzo?».

«No, veda, assolutamente no, i genitori di Amelia...».

«Ah, sono i genitori di Amelia che le hanno dato il mio numero? Allora è uno scherzo di Amelia?».

«Io pensavo soltanto che... sa, io sono un assistente sociale, e avrei bisogno di qualche informazione». Consonni mentre diceva questa balla guardava fuori dalla cabina, come se lo potessero sentire. In fondo però dire le balle per telefono è molto più facile, perché non ti vede nessuno.

«Senta, io di Amelia meno ne sento parlare e meglio sto. È sempre stata la mia nemica numero Uno, quella grandissima troia, però una cosa gliela posso dire, quella è un pericolo pubblico. Ai tempi della scuola era una bulla, e se non eri con lei eri contro di lei. Lo sa che obbligava tutte ai riti di iniziazione dove si doveva bere la sua pipì, lo sa che una volta a scuola fece firmare un foglio per stabilire chi era con lei o contro di lei? E io e le mie amiche non lo firmammo. E allora lo sa cos'ha fatto lei? Mi ha bruciato il motorino, anzi, non è mica lei che si è sporcata, lo ha fatto fare alla sua serva, alla sua migliore amica, quella che lei aveva promosso a numero Due, la Benatti Sara, quella santerellina. Le chieda a lei notizie della Morpurgo Amelia, ma cos'è, ha dei problemi con gli sbirri? Non mi stupirei e, anzi, ci godo. Eh, mi dica che è così, cos'è che ha combinato?».

«Beh, la situazione è un po' complicata, lei comunque la Morpurgo Amelia quant'è che non la vede?».

«Saranno due anni, ma lei chieda alla Benatti, a quella merda secca anche lei, vedrà come si presenta, la suorina! La più grande troia di tutta la scuola! Sa che suo padre suona l'organo in parrocchia? Sa che anche lei faceva la scout? Tutti se li è scopati, tutti gli scout della Lombardia, dai 9 ai 99 anni!».

«Beh, non volevo irritarla così tanto, signorina, mi dispiace, ma sa, è solo il mio lavoro... un'ultima cosa, non è che mi saprebbe dire come posso rintracciare questa Benatti Sara?».

«Oh, non si preoccupi, se la Morpurgo ha bisogno dell'assistente sociale non sono altro che contenta. Comunque la Benatti non deve essere difficile a trovarsi, secondo me sta coi genitori a Pasturago, son quattro case, vedrà che la trova, o perlomeno a Pasturago le sanno dire dov'è finita. Spero male anche lei».

«Eh, allora... grazie mille, a rivederci signorina».

«Arrivederci signor... signor?».

La domanda non ebbe risposta perché Consonni aveva già attaccato.

Pasturago? E dove diavolo è Pasturago?

Lo cercò sull'elenco della provincia di Milano e lo trovò. Però di Benatti non ce n'erano.

A mezzogiorno e mezzo Consonni tornò al centro ottico, gli occhiali erano pronti. Li indossò e si guardò allo specchio: sembrava un pappone. A questo punto poteva andare a farsi le fototessera. La sua immagine lo inquietava: non gli sembrava di essere lui, con quei baffetti tinti dello stesso colore rossiccio dei capelli. In cartoleria si procurò la pellicola trasparente autoadesiva e un paio di forbici.

Si chiuse nel gabinetto del reparto elettrodomestici e con cura ritagliò una delle foto e la appoggiò su quella del Mascheroni.

Bagnando un po' la foto dalla parte posteriore provò ad applicare con forza il timbro da biscotto.

Provò due o tre volte e l'esito non fu scoraggiante. L'effetto non era tanto dissimile, un timbro tondo con i caratteri a rilievo, difficilmente leggibile: e chi è che va a leggere con la lente d'ingrandimento cosa c'è scritto sopra?

Ritagliò a misura anche un pezzetto della pellicola e la applicò sul tutto.

Il lavoro non sembrava venuto male. Certo due fotografie sono più spesse di una, a suo modo di vedere l'oggetto non sembrava falsificato: nato nel 1950? Beh, lui di anni ne aveva cinque in più, ma coi capelli tinti, forse, e poi c'è anche gente che gli anni li porta male.

Con nuovo look e nuova identità Consonni pensò che non aveva tempo da perdere. Aveva due piste da seguire e non le avrebbe mollate.

Prima di tutto questa Benatti Sara, l'amica del cuore dell'Amelia. Sotto la grande cupola del centro, in vetro e legno, in mezzo alle palme, si era concentrato a lungo. Come riuscire ad entrare in contatto con lei? Occorreva andare a Pasturago. Mentre guardava il fitto passeggio degli avventori del centro commerciale pensava alla seconda pista, quella dei gemelli del Milan. Da solo non ce l'avrebbe mai fatta, e se fosse andato a chiedere aiuto al Giorgi Claudio? Nessuno mi sta cercando dal Giorgi e lui, se non beve, è un uomo affidabile. Bisognava tornare a Milano.

Prese un autobus che lo riportò a Binasco. Qui individuò un alberghetto dimesso, a Binasco ce ne sono molti, per tutte le tasche. Quello che aveva scelto era per le tasche meno fornite. Alla concierge, se così si poteva chiamare, non fecero difficoltà con la carta d'identità. Raggiunse la sua cameretta singola. Si trattava di un vecchio edificio ristrutturato come B&B, c'erano delle terrazze che davano sul retro, doveva essere stata una casa popolare, gli ricordava la sua casa di ringhiera. Le porte delle camere davano sui ballatoi, per cui per raggiungerle si dovevano fare le scale, riuscire e rientrare. Sul retro si poteva vedere l'ampio parcheggio dove erano posteggiati due autoarticolati.

In albergo si concesse un'oretta di riposo, era veramente stremato.

In serata gli architetti Ortolani e Du Vivier andarono a trovare Donatella Giorgi, la quale stava tentando di far fare i compiti a Gianmarco. L'appartamento della Giorgi era senza dubbio quello peggio ridotto della casa di ringhiera, a parte forse quello occupato dai peruviani, nel quale gli architetti non avevano messo piede.

«Le possiamo parlare un secondo?».

«Veramente...». I due, sempre eleganti ma questa volta con meno ostentazione, conoscevano perfettamente i problemi di Donatella e quelli di suo marito. Entrarono e velocemente scannerizzarono l'appartamento, una settantina di metri quadri, quadrilocale, una volta ristrutturato il valore superava i 500.000 euro.

«So perché siete qui, ma dovete sapere che io non sono la proprietaria, il proprietario è mio marito, che in questo momento non c'è».

«Suo marito è fuori per lavoro?» chiese la Ortolani, ben sapendo che non era fuori per lavoro.

«No, mio marito in questo momento risiede da un'altra parte...».

Separazione, miseria, vendita, è fatta, pensava il Du Vivier, il quale attaccò senza perdere tempo.

«Lei sa che questo edificio con tutta probabilità verrà sgomberato, in quanto pericolante, inabitabile, lei ha idea dello stato in cui sono gli ambienti sotto casa sua?».

«No, non ne ho idea, perché?».

«Perché questa casa rischia di collassare su se stessa, ecco perché».

Donatella, che già di per sé galleggiava in mezzo a una serie di gravi problemi, principalmente economici, intravedeva il disastro definitivo. Se ci tolgono anche la casa, che è l'unica cosa che ci è rimasta, come faremo? Non posso mica tornare da mio fratello. Quando suo marito Claudio aveva dato di matto per l'ennesima volta si era dovuta rifugiare con i figli da suo fratello, ma stavolta...

«E quanto sarebbe disposta a pagare la società che rappresentate per questo appartamento, così com'è?» si guardava in giro un po' desolata.

«Non meno di 200.000 euro, è stata fatta un'attenta valutazione al metro quadro, le sembra poco quasi 3.000 euro al metro?».

«Ma noi l'abbiamo pagata ben più di così, tanti anni fa. Il mutuo l'abbiamo estinto l'anno scorso».

«Perché, non le è giunta voce che c'è la crisi? E non è una crisi passeggera, probabilmente non finirà mai, lo sa che sui prezzi delle case a Milano c'è stato un abbattimento del cinquanta per cento?».

«Cinquanta per cento?».

«La vendita dell'appartamento è la soluzione migliore per voi, lo dica a suo marito, inoltre noi potremmo aiutarvi a trovare un affitto sostitutivo...».

«Un affitto sostitutivo? Ma dove? Quando?».

Donatella, che si arrangiava a vivere, lei e i suoi figli, con 700 euro al mese, pensava alla possibilità di trovarsi fra le mani 200.000 euro. Con quella cifra, ben investita, forse avrebbe potuto vivere momenti di maggiore tranquillità, le case si comprano e si vendono, no? A seconda del momento. D'altronde qual era l'alternativa? Dover comunque abbandonare l'appartamento, trovare una situazione di ripiego, e pagare cifre astronomiche per poter risistemare la casa di ringhiera. Che avevano intenzione di fare gli altri?

Alle ore diciotto Consonni arrivò alla casa famiglia di via Cirenei, residenza del Claudio Giorgi. Ebbe difficoltà a farsi aprire, finalmente arrivò un volontario giovane con la barba che non fu particolarmente gentile, lo tenne sulla porta, gli disse che il Giorgi non c'era e che comunque non erano permesse visite di esterni se non previa autorizzazione.

Consonni sapeva che il Giorgi, da qualche settimana a questa parte, aveva sostenuto il trattamento di detox dall'alcol. Adesso viveva in quella casa famiglia, non poteva tornare ad abitare nel suo appartamento neanche se la moglie avesse acconsentito, per decreto del giudice. Consonni non sapeva se Donatella avesse chiesto la separazione, che era un dato di fatto. Mentre era sulla porta sentì varie grida: «Yuri, Yuriiii, le pasticche, le pasticche...». Oppure: «Vai via sai... vai via... faccia di merda, lo dico alla signora, alle otto mi telefona la signora». Il ragazzo barbuto gli stava per chiudere la porta in faccia, comparve una bambina moretta che avrà avuto quattro o cinque anni, la stessa età di Enrico, che vide l'ospite del Claudio e domandò: «Sbiro?». La porta si chiuse e Consonni si mise fuori ad aspettare, rimuginando.

Chi era in guai peggiori, lui o il Giorgi? Almeno lui aveva la speranza di tirarcisi fuori, da questi guai. Ma il Giorgi che speranze aveva? Non un lavoro, non un centesimo, non più la famiglia. Gli venne in mente di infilarsi in un bar e di bersi una china calda. Avrebbe fatto la stessa fine del Giorgi?

Lo aspettò fuori dall'ingresso della casa famiglia, prima o poi sarebbe pur rientrato.

In effetti intorno alle sette di sera lo vide arrivare,

camminava di fretta alla volta della palazzina dove c'era la casa famiglia. Gli si avvicinò.

«Signor Claudio, buonasera».

Claudio vide quel signore dall'aspetto equivoco e cercò subito di allontanarsi. Chissà chi era, magari uno che aveva conosciuto in occasione di qualche bevuta fuori casa, di cui non si ricordava assolutamente, comunque contatti da evitare.

«Signor Claudio, non mi riconosce?».

«Mi lasci andare, io non la conosco, e ho premura».

«Ma Claudio, sono io, l'Amedeo, Amedeo Consonni, non mi tratti così».

Claudio si voltò all'indietro e guardò meglio il suo interlocutore.

«Amedeo? È lei? Ma che cosa le è capitato? E come si è conciato?».

«Claudio, ho bisogno di parlare con lei, sono nei pasticci».

«Ah, questo si era capito, ma lei non può mica entrare nella casa famiglia, non posso portarci dentro la gente».

«Allora andiamo al bar, beviamo qualcosa di caldo».

«Va bene, però entro le otto devo assolutamente rientrare».

«Sarà più che sufficiente».

Entrarono in un bar in via Cesalpino dove nessuno, fra avventori e gestori, era di razza ariana.

«Cosa prende, signor Claudio, io ho bisogno di qualcosa di forte, prenderò una china calda, e lei?».

«Un tè caldo deteinato».

«Ma come, non mi tiene compagnia?».

«Eh, no. Non bevo più niente. Anche se volessi... mi danno l'antabuse».

«E che cos'è che è questo antabüs?».

«È un farmaco, serve a non bere più. Ma mi dica di lei, che cosa è successo? Perché si è tinto i capelli? Perché si è vestito in questo modo?».

«Ecco, signor Claudio, con lei posso parlare francamente, sono nei guai grossi, e ad Angela non ho detto niente, sarebbe troppo pericoloso, attraverso di lei mi ritroverebbero, ma sono nei pasticci, ho bisogno del suo aiuto».

«Del mio aiuto? Ah, allora è messo veramente male».

«Sì, sono messo veramente male, non si vede?».

Consonni raccontò a Claudio solo una parte dei suoi guai, non specificò di essere accusato di omicidio. Fece discorsi confusi e nebulosi, ai quali Claudio non credette granché.

Gli espose il problema dei gemelli del Milan, doveva assolutamente trovare questa persona che ai polsi portava quei pregiati gemelli d'oro con sopra il simbolo dell'AC Milan.

«Lei che è così bravo col computer, non potrebbe perdere un po' di tempo per una piccola ricerca per me?».

«E cos'è che dovrei cercare, una gioielleria?».

«Sì, lei lì, con internet, trova sempre tutto, si ricorda l'affare del bondeg?».

«Vabbè, vedrò che cosa posso fare, venga con me, non faccia troppo caso ai miei coinquilini».

Claudio aprì la porta e convinse il volontario barbuto che quello lì era un suo amico, un signore fidato che nel momento del bisogno gli aveva dato una grossa mano. «Starà qui non più di mezz'ora, stai tranquillo».

Il ragazzo tutto sembrava fuori che tranquillo.

Il Giorgi fece accomodare l'Amedeo in camera sua, estrasse il computer portatile da un armadietto di ferro chiuso col lucchetto. Si mise immediatamente al lavoro.

Consonni, seduto sul letto, in camera ce n'erano due, sentiva i rumori della casa famiglia e osservava il passaggio nel corridoio.

«Ma, scusi la mia curiosità, chi è quella signora lì?». Si riferiva a una donna che poteva avere cinquant'anni come sessanta, e che si reggeva malamente in piedi, fumava di continuo, aveva la faccia rovinata, come uno che ha avuto una emiparesi. Avanzava con le gambe rigide, aiutandosi con un tripode.

«Lei? Lei è la Jasmine, è la mia fortuna».

«La sua fortuna? E perché?».

«Perché se guardo lei vedo come mi potevo, mi posso ridurre, a forza di bere. Polineuropatia, lo vede che non cammina? Quando mi casca il mondo, quando sono disperato, guardo lei e mi torna la motivazione».

Claudio mentre parlava continuava a lavorare al computer.

«Qui abbiamo anche il wi-fi, vede?».

Entrò il compagno di camera di Claudio, un ragazzo sui trent'anni, con un'espressione molto assente. Si sdraiò sul letto, senza dire niente. «E allora Manuel, come va?» disse il Giorgi.

Manuel non rispose, stava con gli occhi sbarrati a guardare il soffitto.

«Le hai prese le pillole?».

Manuel indossava una canottiera nera, aveva le braccia e le spalle piene di tatuaggi.

Consonni fece un'espressione interrogativa, come a dire: «Anche lui?».

Claudio scosse la testa e disse: «No, Manuel se ne è andato di cervello con gli acidi».

Consonni rimase stupito che il Giorgi ne parlasse così, davanti all'interessato.

«Ah, non si preoccupi, Manuel non riceve. È andato, per sempre, forse».

In quel momento entrò la bambina nera, che guardava il Consonni con curiosità.

«Questo signore sbiro?».

«No, no, Marilena, è un amico mio, torna dalla mamma».

«E lei?».

«Lei qui non c'è, neanche la sua mamma, ha capito? Lei quelle due non le ha viste».

«Ah...».

Alle venti e trenta Consonni era in possesso di una lista di rivenditori di gemelli, e ne aveva viste abbastanza. Ma che vita faceva il Giorgi, perché non tornava dalla moglie?

Le ditte segnalate dal Claudio parevano produrre tutte articoli di basso prezzo, in particolare una di Brugherio, che proponeva gemelli dai 12 ai 24 euro. Però c'erano anche degli importanti gioiellieri del centro, fra cui Fabiani, il gioielliere di...

Consonni scrutò la lista, chissà se gli sarebbe servita a qualcosa, aveva fretta di andarsene.

«Ma signor Amedeo, all'Angela che cosa gli devo dire?».

«Niente, assolutamente niente, mi farò vivo io, sarebbe troppo pericoloso. Lei si metterebbe a cercarmi e ci sarebbero un sacco di problemi».

«Ma almeno che non è morto ce lo posso dire?».

«Non dica niente a nessuno, lei non mi ha visto».

Consonni mentre se ne andava vide una coppia di signori molto anziani che guardavano la televisione in salotto. Uno diceva: «Yuri, Yuri...» e l'altro alzava il volume al massimo.

La sera Caterina, dopo aver galoppato per Milano tutto il giorno, aver ripreso alla materna e consegnato alla vicina l'Enrico, essere ripartita per un appuntamento a Lorenteggio, ed essere tornata a casa alle otto, trovò nella cassetta della posta una lettera di suo padre, la seguente:

Caterina! Sono tuo padre.

Sono vivo ma sono nei guai. Ora non posso dirti niente a proposito. So che mi cercano e io non posso farmi trovare. Mi dispiace per Enrico che domani [oggi] *dovrei tenere io. L'unica speranza per me è quella di tirarmene fuori, però adesso vivo come un fuggiasco. Dai un abbraccio a Enrico però non dirgli che mi sono fatto vivo, se no quello lo racconta a tutto il mondo. Digli che sono in viaggio e che tornerò presto. Non dire assolutamente niente a nessuno di questo biglietto, distruggilo appena l'hai letto. Mi farò sentire io se e quando le acque saranno più calme. Questa volta è una cosa seria.*

Tuo padre

Caterina non sapeva che pensare, se non che suo padre aveva perso la testa. Ma per chi?

Consonni raggiunse Binasco che erano le nove e mezza di sera. Non aveva per niente fame ma decise che doveva mangiare qualcosa. Scelse la pizzeria più anonima del paese, che peraltro era anche l'unica che trovò aperta. Entrò nel locale, malamente illuminato, tutto foderato di legno di abete da quattro soldi, ingiallito. Era semivuoto, per la precisione c'era soltanto un tavolo occupato da un quartetto di giovani lombardi di razza caucasica; mangiavano la pizza con la panna e le cozze e ci aggiungevano sopra l'olio extravergine. Erano piuttosto su di giri.

Consonni ordinò una margherita e un quartino di rosso della casa. La cameriera, una ragazza extracomunitaria sui vent'anni, indossava dei jeans tutti strappati.

Mentre aspettava la pizza Consonni rileggeva il foglietto che gli aveva lasciato il Claudio. Una lista di negozi e gioiellerie, a Milano e nella periferia. Sperare di trovare chi avesse venduto quei gemelli, e sapere a chi, gli pareva assai improbabile. Claudio gli aveva spiegato che sì, era un articolo abbastanza diffuso, ma come faceva a sapere che erano veramente d'oro? Che speranze aveva di trovarli?

Eppure un tentativo andava fatto, eccome se andava fatto... L'indomani avrebbe cominciato a passare in rassegna almeno le rivendite segnalate nella lista, lì avrebbe potuto raccogliere informazioni su quel particolare tipo di gemelli.

Ma prima, c'era da entrare in contatto con l'amica di Amelia, quella tal Sara Benatti, che abitava a Pasturago. L'indomani mattina sarebbe andato a cercarla. Bevve un bicchiere del rosso, doveva trattarsi di Tavernello. Ah, adesso faccio anche il sofisticato. Quando sarò in carcere che vino berrò? Scosse la testa e finì il quartino d'un sorso.

Gli fu portata la pizza margherita. Consonni ringraziò e ordinò un altro quartino.

I ragazzi al tavolo dietro chiamarono a gran voce la cameriera, volevano altre birre. Quando quella le portò cominciarono a fare apprezzamenti su di lei, ci davano un po' sul pesante.

«E allora Mery, me lo fai un pompino? Mi ha detto Ravi che li sai fare benissimo, col ringollo». Lei si schermiva, cercava di allontanarsi, ma due di loro la trattenevano, agguantandola per il maglione.

«Ah, guarda qui la Mery, non ha neanche il reggiseno. Cosa fai, la scontrosa?».

Consonni guardava fisso la sua pizza, era riuscito a mangiarne solo metà. Seduto con la faccia rivolta verso il muro, non vedeva niente ma poteva ascoltare.

Evidentemente uno dei ragazzi era riuscito a trascinarsi la Mery addosso, se l'era messa in collo e la palpeggiava senza scrupoli.

«Via ragazzi, lasciatemi stare... dai... basta adesso...».

Consonni capì che in pizzeria era rimasta solo lei, il pizzaiolo egiziano se n'era andato, erano quasi le dieci e mezza.

«Ma come sei antipatica! Non fare la difficile... lo so che ti piace, senti qua».

I ragazzi si stavano scaldando. Consonni avvertì dei rumori viscidi, una cerniera che si stava aprendo e delle grida da stadio: «Chi si incula Mery è, è. Chi si incula Mery è, è» e roba del genere.

«Dai Mery, senti qua, non ti sembra un pezzo di ferro?».

«Basta vi ho detto!». La ragazza alzò la voce, cercando di divincolarsi, a questo punto dovevano essere in più di uno a tenerla ferma.

«Forza ragazzi, smettetela, adesso lasciatela stare» disse a voce alta e ferma il Consonni, senza girarsi. I ragazzi lo sentirono e si voltarono stupiti, tutti e quattro.

«E chi è che ha parlato?» disse uno di loro. «Chi cazzo è che ha parlato?».

«Io ho parlato, e vi invito a lasciarla andare. Un bel gioco dura poco».

I quattro erano sbalorditi, Mery ne approfittò e riuscì a staccarsi e ad allontanarsi dal tavolo. Scappò in cucina.

Due dei ragazzi si alzarono e si avvicinarono al tavolo del Consonni.

«Ma chi cazzo sei, vecchio di merda, e che cazzo vuoi da noi?».

I giovani espressero una sequela di minacce in un linguaggio che Consonni stentava a comprendere pienamente, ma il senso gli fu chiaro. Pensò: ades chest chi me ciapa a bot. Cercò di mantenersi calmo, non reagire alle provocazioni. Si alzò, aveva finito. Estrasse quindici euro dal portafoglio e li lasciò sul tavolo, il resto mancia. I tipi lo guardavano esterrefatti.

«Ma cosa pensi di fare, di andartene così?».

Consonni ebbe l'avvertenza di togliersi gli occhiali nuovi, li appoggiò su un tavolo.

Il più grosso dei quattro lo colpì con un cazzotto sul naso, che lo fece stramazzare al suolo. L'altro lo prese a calci, indossava degli scarponi grossi e durissimi. Consonni era sul punto di perdere i sensi, anzi li perse per davvero.

Gli altri si accontentarono di rifilargli qualche altra pedata.

«Pezzo di merda del cazzo» commentarono delusi.

«Ma guarda che vecchio del cazzo, io...».

«Dai Tony, andèm, guarda lì quanto sangue».

I quattro se ne andarono via, anche loro non sapevano più che fare.

Dopo qualche minuto, assicuratasi che quelli se ne fossero andati per davvero, Mery uscì dalla cucina, dove si era barricata. Andò a sincerarsi delle condizioni del signore che si era intromesso, che adesso era rinvenuto, ma sempre a terra, in una pozza di sangue.

«Va tutto bene?».

Lui cercò di rialzarsi, si toccava il naso, prese un fazzoletto cercando di tamponarsi.

«Eh, insomma...» disse stordito.

«Non doveva, sa? Quelli fanno sempre così, ci sono abituata».

«Ah». A Consonni si piegavano le gambe.

Mery lo accompagnò in un lurido bagnetto.

«Che vuol fare, chiamare i carabinieri?».

Il signore ebbe come un sussulto.

«No, i carabinieri no, per l'amor del cielo. No... sono ragazzi... I carabinieri? Assolutamente no».

Consonni cercò di rimettersi in ordine. La polo che si era comprato al centro commerciale era da buttar via, tutta macchiata di sangue.

«Signorina, scusi... ma adesso come fa lei a tornare a casa? Vuole che l'accompagni?».

«No grazie, non si preoccupi. Adesso devo pulire la sala e la cucina. E io dormo qua dietro. È la mia paga».

«Ah» replicò Consonni, che stava pensando a chi avrebbe accompagnato lui al B&B. E se lo aspettavano fuori?

Mery lo fece uscire dalla porta sul retro, in mezzo ai bidoni dell'immondizia. Non c'era nessuno, le strade di Binasco erano deserte.

Erano le undici e quarantacinque quando fece ritorno nella sua cameretta. Pensava ad Angela.

A quell'ora Enrico non riusciva a dormire. La mamma lo aveva messo a letto come al solito verso le nove e mezza, normalmente lui si rialzava dal letto, giocava un po' con i gormiti e alla fine si addormentava, magari sul pavimento. Le sue giornate erano mediamente movimentate e alla sera terminava l'energia da un momento all'altro. Ma questa volta Enrico non riusciva a dormire perché pensava al nonno che era scomparso. La prospettiva di passare una quota anche minima del suo futuro senza il nonno Amedeo lo terrorizzava, così come quella di non avere a disposizione centinaia di confezioni di Kinder Pinguì. Era in pensiero. Aspettò un po' prima di andare dalla mamma, per vedere se lo ospitava nel lettone. Lei di solito non voleva, lo reputava antieducativo, ma se lui si presentava in lacrime dicendo che aveva fatto un sogno brutto cedeva.

Estrasse tre Kinder Pinguì dalla sua riserva rinnovata e se li mangiò.

Poi si avvicinò alla porta della camera della mamma cercando di stimolare il pianto. Non gli venne fuori granché ma a questo punto era risoluto, avrebbe detto che era triste per il nonno, cosa che fra l'altro corrispondeva alla verità. Aprì la porta con cautela, forse la mamma dormiva. Sarebbe stato meglio così, lui avrebbe potuto infilarsi nel lettone senza che lei se ne accorgesse. Invece la mamma non dormiva e non era neanche sola. Era sdraiata a pancia in giù sul letto e un signore le saltava in su e in giù addosso. Erano tutti nudi.

Enrico stette un po' a guardare, in silenzio, quei due non si accorsero di lui, anche perché erano girati dall'altra parte.

A un certo punto il signore cominciò a dire certe parolacce, di quelle che il bambino conosceva benissimo, le stesse che la madre gli proibiva assolutamente di utilizzare.

Il bello fu che quando quello lì le disse le parolacce lei non non lo sgridò per niente, ma fece: «Sì, sì, così, così», come se condividesse quelle parole.

Allora Enrico intervenne e disse: «Mamma, ma perché lui le può dire e io no?».

Caterina sentì la voce del bambino e si raccapricciò: «Oddio, il bambino!».

Il signore sarebbe anche andato avanti, «tanto ormai ci ha visto», Caterina si divincolò, corse a mettersi la vestaglia, e abbracciò Enrico, temendo che fosse traumatizzato.

Enrico traumatizzato non lo era per niente, anzi era molto lucido.

«Mamma, io non ho visto e sentito niente, non lo dico a nessuno, però d'ora in poi non mi rompi le balle con i Kinder Pinguì. E dov'è il nonno?».

Il fatto era che Caterina, separata da diversi anni dal marito, il padre di Enrico, intratteneva una relazione abbastanza stabile con un uomo, che fra l'altro a suo figlio stava pesantemente sull'anima. Si dà il caso che quell'uomo non fosse lo stesso che quella sera era sul lettone con la mamma.

Consonni cercò di non farsi notare quando rientrò al Bed & Breakfast.

Qui la scena era molto cambiata rispetto al pomeriggio, il parcheggio era pieno di camion, saranno stati una ventina, disposti con ordine. Evidentemente i camionisti lasciavano lì l'autosnodato, pernottavano in quelle camerette e se ne andavano a Milano centro, o dove piaceva a loro, in autobus o in treno. Le piazzole di sosta erano illuminate a giorno, in mezzo ai camion si aggiravano due cagnacci minacciosi.

Consonni entrò in bagno, cercò di darsi una ripulita. Si guardava allo specchio e non si riconosceva.

Ma vedi te come mi sono ridotto. Indossò il suo pigiama a righe, almeno quello l'aveva con sé, gli dava un senso di normalità e sicurezza. Si infilò sotto le coperte, in stato di agitazione. Sarebbe stato ben difficile riuscire a prendere sonno, a causa dell'illuminazione che trapelava dalla sua finestra, la tendina non serviva a niente. Per giunta si sentiva come fosse sotto casa il rumore dell'autostrada Milano-Genova, che infatti era praticamente sotto casa. In più cominciarono a rientrare altri camion e camionisti, i cani facevano un gran baccano. Sicuramente qualche camionista si era dotato di compagnia, maschile o femminile, mercenaria o meno, Consonni non aveva pregiudizi, ma avrebbe avuto bisogno di un po' di tranquillità.

Ebbe modo di pensare alla sua vita, all'Enrico, all'Angela, e a tutto il resto. Per lui c'era una via di scampo?

Visto che non riusciva a dormire cercò di organizzare mentalmente la giornata successiva. Sarebbe riuscito a trovare l'amica di Amelia, la Sara Benatti? E per dirle che, che Amelia era morta?

Nel retro del B&B continuavano ad arrivare camion enormi. Il giorno dopo sarebbero ripartiti. E se avesse chiesto un passaggio, per la Romania, per la Turchia, o ancora più in là? I confini non esistono più, in Europa. Potrei andare lontano senza mostrare documenti, e poi ripartire. Danimarca? Portogallo? Toccava il lingottino d'oro che durante la notte metteva sotto il cuscino. Con questo potrei ricominciare, almeno per un periodo. Si domandava: quando subisci una condanna la pensione continuano a versartela? Una parte di sé gli diceva che non aveva scampo, ormai la fotografia era in circolazione, prima o poi l'avrebbero beccato, assai prima che lui trovasse il modo di scagionarsi. Ma in Danimarca o in Portogallo di che cosa potrei vivere, mi rimetto a fare il tappezziere?

Il naso gli faceva un gran male, ma con sé non aveva neanche un'aspirina, si rigirava nel letto, consultò l'orologio, erano le due passate.

Esasperato si alzò, indossò l'impermeabile sopra il pigiama e uscì sul ballatoio.

La situazione era un po' più tranquilla di prima, non c'erano autotreni col motore acceso, i cani si erano calmati. Il rumore dell'autostrada continuava implacabile. Consonni, in perfetta solitudine, si lasciò andare a qualche sospiro di scoramento. Ma in perfetta solitudine non lo era: scorse il rosso di una sigaretta a pochi metri da lui, e presto intravide una sagoma bassa e robusta, di un uomo.

«Buonasera» disse timidamente Consonni. «Sa, qui non si riesce a dormire».

«A chi lo dice» rispose lo sconosciuto.

«Eh, qui c'è un gran traffico dell'autostrada, io non ci sono abituato... a casa mia...».

«Io invece ci sono abituato e come, a me il rumore dell'autostrada mi rilassa. La vuole una sigaretta?».

Una sigaretta? Di fronte a questa semplice offerta l'Amedeo rimase un po' smarrito, saranno stati trent'anni che non fumava, ma forse ne aveva bisogno.

«Grazie».

Il tracagnotto gli porse il pacchetto, poi gli accese la cicca, la poca luce della fiammella gli fu sufficiente per vedere la faccia del Consonni, ridotta veramente male, e non solo per il trauma recente.

Quello si godeva le prime boccate, senza aspirare troppo.

«A me lei sembra nei guai» disse il camionista, non poteva essere altro che un camionista.

«Io, nei guai, perché dice così?».

«Io non so niente e non voglio sapere niente, però non mi dica che lei non è nei guai. E se non ci si aiuta fra di noi».

«Aiuto? Io non ho bisogno di nessun aiuto. Ho i miei guai, come tutti, ma lei cosa vuole da me? Se è per la sigaretta...».

«Ma non dica scemenze, la sigaretta. Io penso che lei potrebbe aver bisogno del mio aiuto, e lei, se lo lasci dire, di aiuto ne ha bisogno».

Consonni restò in silenzio. E chi era quello lì, sapeva tutto? Chi lo mandava?

«Lei sta fuggendo, si vede benissimo. E non è il suo mestiere».

«Non vedo perché lei mi parli così, sono solo un rappresentante di commercio».

«Ah, sì? E che cosa commercia?».

«Non capisco perché dovrei raccontarlo a lei...».

«Guardi, lei non mi deve raccontare niente. Io sono un benefattore. Mi piace aiutare chi ha bisogno».

«Io non ho bisogno proprio di niente!».

«Ok, ma lo vada a raccontare a qualcun altro. Però se non ha bisogno del mio aiuto... una pistola? Documenti sicuri? Un passaggio per la Danimarca? Una macchina? Liquidi? Non ha che dirlo. Ma se il mio aiuto non serve, amici come prima». Danimarca? Ma come aveva fatto a indovinare? Non è che era un poliziotto? O un killer mandato dall'assassino di Amelia?

«Amici come prima? Noi non siamo mica amici».

«E perché no? Lei mi sta simpatico. Cos'è che sta cercando?».

«Ah, questo posso anche dirglielo, cerco uno che porta dei gemelli d'oro del Milan».

«Beh, qui la cosa comincia a farsi interessante. Gemelli d'oro del Milan? A tutti e due i polsi o a uno solo?».

«Io ne ho visto uno solo, sull'altro polsino non so».

«Un'altra sigaretta?».

«No grazie, adesso vado a dormire».

Il tipo estrasse dalla tasca un biglietto da visita, dove c'era scritto nome e cognome, un paio di cellulari, un indirizzo di posta elettronica e anche la frequenza del baracchino. «In caso di bisogno non esiti, io mi chiamo Peppe, mi conoscono tutti».

«Grazie per la sigaretta, buonanotte».

«Tenga questi, le faranno comodo». Gli dette due tappi per le orecchie, di cera. Si accese un'altra sigaretta.

Consonni rientrò e si mise a letto. Riuscì ad addormentarsi alle quattro, sognò Angela e Amelia.

Giorno quattro

Consonni lasciò l'albergo di Binasco alle otto di mattina. Recuperò la sua carta d'identità falsificata e pagò il conto: «Arrivederci, signor Mascheroni, ma che ha fatto al naso?».

«Eh, sono scivolato, ieri sera ho bevuto un po' troppo».

«Ma lei abita qui a due passi».

«Lei ha moglie?».

«Sì che ce l'ho».

«Allora mi capisce» disse Consonni, e se ne andò con la sua valigia. Si diresse verso la fermata del pullman. Il bus per Pasturago partiva dopo venti minuti, andò nel bagno della stazione delle corriere. Dopo aver fatto la pipì voleva lavarsi le mani, vide che in quell'ambiente abbastanza lurido c'erano due ragazzini sui tredici-quattordici anni, assai agitati. Uno dei due chiuse la porta principale che dava sul corridoio, l'altro estrasse un coltello a serramanico di modeste dimensioni e lo puntò al collo di Consonni: «Dammi tutto quello che hai, stronzo di merda».

Ah, ci mancava anche questa. Consonni aveva in tasca quello che era rimasto dei 2.000 euro che gli aveva dato il De Angelis e in più il lingottino. Disse al ragazzino: «Lascia perdere, facciamo che non ho sentito niente, uscite fuori».

«Che cazzo dici, vecchio di merda, io ti taglio la faccia, capito?».

Consonni ormai era entrato in uno stato d'animo fatalista, ma tutto avrebbe pensato fuori che venisse assalito da due bambini.

«Andate via, ragazzi, non è successo niente, andate via, su, ho da fare».

Mentre diceva così pensava all'eventualità che una situazione del genere gli fosse capitata qualche giorno o settimana prima. Avrebbe estratto il portafoglio e dato a quei ragazzini quello che volevano. Che motivo c'era di rischiare? Ma adesso non poteva farlo, eh no.

«Andem, fioeùi, avete scelto la persona sbagliata» disse mentre finiva di lavarsi le mani. Poi se le asciugò col phon a muro.

Il ragazzino si cagava un po' sotto, era in fibrillazione.

«Tira fuori i soldi o ti sbudello».

Consonni gli dette uno schiaffo, come lo darebbe un genitore a un figlio: con rabbia ed energia ma anche con rincrescimento. Il ragazzino finì per terra, l'altro lo avvisò: «Arriva gente».

Nel bagno entrarono due signori che notarono il bambino per terra e il coltello a serramanico, anch'esso per terra. Fecero finta di niente, non avevano voglia di immischiarsi, anzi, se ne andarono subito, rinunciando alla loro esigenza di minzione. L'avrebbero fatta sul treno.

Consonni aiutò il ragazzo ad alzarsi, l'altro se l'era data a gambe.

«Ti sei fatto male? Tutto a posto?».

Il giovane rapinatore si alzò di scatto e rapidamente scappò, senza neanche raccogliere il suo coltello.

Dunque Consonni riprese la valigia, uscì dalla toelette e si avvicinò alla pensilina, ad aspettare il suo autobus, con la valigia in mano.

Il sondaggio degli architetti Du Vivier e consorte stava andando avanti. Per ora avevano raccolto importanti adesioni, per esempio c'era l'interesse della signora Xing, proprietaria di quasi tutti gli ex magazzini del piano terra, dove si manifestavano i danni strutturali più evidenti, e anche la disponibilità della signorina Ghiotti, quella che lavorava a Mediaset, che l'appartamento l'aveva comprato per investimento e adesso rischiava di trovarsi con un pugno di mosche in mano.

Sapevano che uno degli ossi più duri era il Luigi De Angelis, che già dalla riunione di condominio si era rivelato assolutamente indisponibile a qualsiasi conversazione sul tema.

Quindi gli scrissero una lettera a nome della Società A.RE.CO., che riepilogava la situazione e nella quale si accennava a una proposta di acquisto dell'immobile, per una cifra di centottantamila euro.

In essa si annunciava per i prossimi giorni una visita preliminare della Commissione dei Vigili del Fuoco cui gli uffici del Comune avevano inoltrato un «fonogramma» nel quale si facevano presenti le condizioni di fatiscenza dei piani inferiori del condominio di via ***.

In via ufficiosa accennavano anche a un precapitolato preparato dallo studio Ark-Ind che faceva una valutazione preliminare sui lavori da eseguire. Si prevedeva un costo a metro quadro per inquilino che non era inferiore ai mille euro al m^2.

A De Angelis venne un travaso di bile. Calcolò rapidamente che avrebbe dovuto sborsare 70.000 euro come minimo, senza contare che durante il periodo dei lavori si sarebbe dovuto trasferire da qualche altra parte. Avendo il Luis 83 anni era chiaro che non aveva i margini per affrontare una situazione del genere. Prima di tutto i suoi risparmi ammontavano a neanche un decimo della cifra richiesta. Anche se avesse venduto la BMW Z3 non ci avrebbe ricavato più sette-ottomila euro, e in ogni caso non ne aveva la minima intenzione, pur se quella macchina sportiva si mangiava la metà della sua pensione di taxista.

In passato, per non rinunciare alla macchina aveva anche pensato di vendere la nuda proprietà della casa, tanto lui non aveva eredi, se non quel cretino del nipote Daniel. Ma nonostante la sua età l'offerta che gli avevano fatto non era stata all'altezza delle aspettative. E adesso aveva anche prestato dei soldi a quel bamba del Consonni, che se li spendeva in donnine.

No, piuttosto do fuoco a tutto, non mi avranno mai. Però prima di bruciare tutta la casa, con me dentro, gli metto una bomba a quei due, dentro il loro appartamento! Io distruggo tutto, altro che danni strutturali, così imparano! Non l'avranno vinta!

Diversa fu la reazione di Caterina, sinceramente preoccupata per la situazione di suo padre, che non era escluso avesse perso la testa del tutto. Ricevette una lettera analoga a quella che aveva ricevuto il De Angelis, con le cifre un po' rimaneggiate verso l'alto. Una copia della stessa lettera era stata inviata anche a suo padre, in quanto intestatario al 75% dell'appartamento. E quello lì, che prima o poi si sarebbe fatto vivo, non doveva leggerla. Sicuramente sarebbe stato interessato all'offerta e magari, trovandosi con un gran bisogno di soldi, avrebbe accettato e venduto. E a quel punto, lei che era proprietaria di un quarto del locale, che avrebbe potuto fare?

Ma quello che giustamente preoccupava di più Caterina era che il Consonni sputtanasse tutti i suoi averi. La storia del lingottino le faceva venire i brividi, d'altronde che quel lingottino esistesse non era scritto da nessuna parte, era una riserva segreta, che Caterina aveva sempre considerata sua di diritto, cioè, non sua, ovviamente, ma dell'Enrico. Certo, Caterina mica pensava a se stessa. Pensava all'Enrico e al suo futuro.

Chissà se il nonno si era già venduto i BOT, se in questi mesi aveva già prosciugato il conto in banca!

D'altronde c'era anche questa nuova minaccia, la casa di ringhiera sarebbe stata sgomberata, e servivano un sacco di soldi per ristrutturarla. Allora forse conveniva veramente venderla, ma che avrebbe fatto suo padre ritrovandosi tutto quel contante per le mani?

Oddio, in che situazione mi devo trovare, il tutto per quell'infame di un bastardo. E io che mi preoccupavo delle mire della Mattioli... Dalla padella nella brace...

Consonni arrivò a Pasturago poco dopo le nove del mattino, cinque minuti di corriera da Binasco. Pasturago è un paesino agricolo dove si fa fatica a capire quale sia il centro, se non per la chiesa e l'oratorio. Lui non c'era mai stato: case basse, strade strette, villette monofamiliari, in mezzo ai campi da una parte e dall'altra. La pioggia si era fatta meno insistente, ma non demordeva. Essendo un paese piccolo, pensava, sarebbe stato assai facile trovare la famiglia Benatti, però non sapeva a chi chiederlo. Si aggirava per le strade, con la sua valigia, e non c'era un bar, un ufficio, un negozio. Gira e rigira finiva sempre all'oratorio. Alla fine scorse un circolo, il circolo ARCI. Che strano, in un paese dove non c'è niente, solo l'oratorio, c'è un circolo ARCI.

Dentro c'erano solo un paio di anziani che leggevano il giornale, seduti su due sedie di metallo.

«Mi scusino, vorrei chiedervi, per cortesia, un'informazione».

Uno dei due manco si voltò, probabilmente era sordo. L'altro lo guardò con diffidenza. Uno straniero con la valigia in mano, ma da dove veniva quello lì?

«Sapete mica dove posso trovare la famiglia Benatti?».

Il vecchio continuò a guardarlo per un po', poi spese poche parole per dire che di Benatti lui conosceva solo quelli dell'Alimentari, lì a due passi.

Consonni ringraziò. «Posso offrire un caffè?».

«E dove lo andiamo a prendere un caffè?».

Consonni raggiunse il negozio che non si chiamava Benatti bensì SAC e disse che stava cercando una ragazza di nome Benatti Sara. Una signora in carne e camice coi capelli unti e giallastri lo guardò di traverso: cosa voleva dalla Sara quel sessantenne malvestito, coi capelli tinti e i baffetti tinti anche quelli, da libidinoso, e il naso tumefatto?

«Lei chi è?».

«Sono un assistente sociale, mi chiamo Mascheroni e cerco notizie di una certa Morpurgo Amelia, so che con la Sara erano grandi amiche».

«Sara non c'è e non sa niente, può andarsene a casa sua» disse continuando a digitare la tastiera della cassa.

Consonni era un po' interdetto, avrebbe voluto insistere, ma da dietro il banco uscì una ragazza, alta e magra, che indossava anche lei il camice con la scritta SAC.

«Sono io Sara, cos'è che ha da dirmi di Amelia?».

«Si tratta di Amelia Morpurgo, se è possibile vorrei parlare con lei a proposito».

Sara disse che andava bene, sembrò perfino un po' allarmata.

Disse a sua madre che tornava dopo dieci minuti, si mise il giaccone e uscì insieme a quel signore.

Pioveva ancora e i due si rifugiarono sotto una tettoia, Sara si accese una sigaretta. «Cosa vuole sapere da me me lo posso anche immaginare» esordì la ragazza, cogliendo l'altro di sorpresa. «Prima o poi doveva succedere».

«Eh» disse Consonni, che non aveva capito proprio niente.

«C'è il Carlo di mezzo, vero? Lei non è affatto un assistente sociale, lei è un investigatore privato, vero?».

«Beh, insomma, in un certo senso...».

«Lo sapevo...».

Sara, pensosa, dette una gran tirata alla sigaretta.

«L'Amelia è la persona più bella del mondo, guardi, ha un cuore così, è questo il suo difetto. Si lancia nell'amore a corpo morto, ma non capisce mai chi le vuole bene veramente... E chi invece si approfitta di lei».

«Lei le voleva un gran bene, eh?». Consonni si rese conto di aver fatto un errore clamoroso, usando l'imperfetto. Sara non parve insospettirsi.

«Glielo voglio ancora, ma da quando è iniziata la relazione col Carlo io e Amelia praticamente non ci vediamo più, è la moglie di quello lì che la manda, no?».

«Eh, beh...».

«Io ho cercato di metterla in guardia, non è una persona di cui fidarsi... e comunque più di venti anni di differenza non le sembrano troppi? La cosa non può funzionare, non poteva funzionare... infatti... Lui mi ama, mi diceva quella scema. Era certa che lui aveva deciso di separarsi dalla moglie per mettersi con lei. Doveva solo organizzare bene la cosa, per evitare che quella strega gli portasse via tutto. Doveva sistemare i conti bancari, la situazione della villetta e altri affari. E Amelia ci credeva, o faceva finta di crederci. Guardi che l'Amelia è sempre stata un tipo sveglio, sa? Non era una che si faceva incantare. Eppure il Carlo ci è riuscito. Poi è successo il patatrac. Ma lei queste cose le sa meglio di me, no?».

Consonni annuiva, come a far capire che sì, certamente, erano tutte cose che lui sapeva già. Il suo cuore era diventato piccolo piccolo, come un fico secco.

«È chiaro che il Carlo la prende in giro. Il Nesti lo ha sentito che ne parlava in palestra: fa dei pompini quella lì, mi fa impazzire. Ma ne ho un'altra per le mani che è meglio di lei. Ha diciott'anni, è un fiore, e prima o poi glielo sbrano nel culo. Così ha detto il Carlo in palestra. Non è vero niente che ha intenzione di separarsi dalla moglie e qualcuno alla Amelia glielo dovrà pur dire. Che altro ci sarebbe da fare?».

Consonni non aveva capito ancora niente, tranne che quella persona che aveva intenzione di fare la spia all'Amelia era la stessa che lui si trovava davanti.

«L'Amelia certamente avrà preso le sue informazioni. Chissà che non abbia già parlato col Carlo. Io gli avrei detto che è un pezzo di merda e che quello che si meritava era di essere sputtanato con sua moglie, che fra l'altro in famiglia è lei che ha i quattrini, per via del padre che... Ecco, se lei ha voluto parlare con me mi fa capire che l'Amelia qualcosa ha combinato... chi lo sa... avrà mandato un messaggio anonimo alla signora... le avrà fatto capire che... e la signora adesso cerca di prendere le sue contromosse... anche lei vorrà le prove, per mettere il marito al suo posto... ma io glielo avevo detto fin da subito... speriamo che torni in se stessa, no?».

«Eh, beh, la situazione è abbastanza complicata» disse Consonni, il quale ora sapeva che l'Amelia aveva una relazione con un uomo che poteva essere suo padre e che siccome faceva il furbo, lei forse lo aveva minacciato. Non era escluso che fosse sul punto di spifferare tutto alla moglie. E questo probabilmente il signor Carlo non era contento che accadesse. Ma può una situazione del genere rappresentare un motivo, un movente, per un omicidio?

Però, si domandava il Consonni, in tutta questa storia io che c'entro? E che c'entra la Ketty? Aveva la testa in confusione, comunque riuscì ad arrivare alla domanda che si era ripromesso di fare.

«Io adesso sto cercando Amelia, vorrei parlare con lei per vedere se è possibile risolvere la situazione in un modo che sia meno dannoso per tutti. Non è tenuta a crederci, ma non mi manda la moglie di questo Carlo. Vedo che lei ad Amelia ci tiene, per ora non le posso dire di più. Solo che Amelia non si trova, non si sa dove sia, lei ne sa qualcosa? Che ne so, dove doveva andare, con chi si doveva vedere, si vedeva con qualcun altro?».

Sara non era affatto stupita che Amelia non fosse a Milano: doveva partire per un viaggio non si sa con chi e non si sa per dove: forse a Londra. Sulla questione era stata molto misteriosa.

«Secondo me l'ha fatto per dispetto al Carlo. L'Amelia mi ha accennato che aveva qualcosa in ponte con un suo professore di università. Non sono riuscita a cavarle niente dalla bocca, ma questa storia del professore mi convince poco. Lei ha sempre avuto un debole per i maschi più grandi, molto più grandi di lei. Sarà per via di suo padre, che è il tipo che è... io però di queste cose...».

Consonni non le raccontò come le cose stessero veramente. Non se la sentì. D'altronde prima o poi il corpo ritrovato a Zelata sarebbe stato identificato. E non voleva essere lui a dare la terribile notizia all'amica del cuore.

Sara si lasciò un po' andare, sembrava che non volesse smettere di parlare dell'amica. «Amelia è un tipo un po' così, ma è sempre stata giusta con noi. Inflessibile con chi sgarrava, con chi non si impegnava nei rituali e prendeva le cose alla leggera, ma molto umana con chi aveva bisogno d'aiuto, o veniva messa in difficoltà dalle altre».

«Ah, chi erano le altre?».

«Erano quelle dell'Etmor».

«L'Etmor?».

«Sì, il nostro gruppo rivale, le nostre nemiche, il Male di fronte al Bene».

«Accidenti, e che facevano di così cattivo?».

«Di tutto, dovevi guardarti bene le spalle perché quelle se ti trovavano da sola ti massacravano. Per fortuna che noi eravamo ben organizzate, e gliele abbiamo suonate parecchie volte».

«Finiva a botte?».

«Sì, o altre cose, ma lasciamo perdere, è acqua passata».

«E come vi chiamavate?».
«Le ancelle della Morte».
«E Amelia era il vostro capo?».
«Sì, la vestale del sacro fuoco della Morte, lei lo custodiva».
«E chi era il capo delle altre?».
«Ah, Satana in persona, una che si chiama Sacchi Monica».
Consonni guardò da un'altra parte.
«Lo sa cosa faceva quella alle sue sottoposte? Pretendeva lo ius prime noctis, ovvero se si mettevano con un ragazzo dovevano chiedere il permesso a lei, e se lei lo accordava la prima volta spettava a lei».
«E i ragazzi ci stavano?».
«Mah, sì, per loro non faceva molta differenza».
«E questa storia c'entra qualcosa con l'Amelia di oggi? Non sono passati poi molti anni».
«No, purtroppo è acqua passata, Amelia pensa solo agli uomini, non più a me».
«Ah... Ma senta. Lei di questo Carlo sa qualcosa di più? Come le ho detto non è lui che mi manda».
«Ah, allora è il professore, eh, quello che la bocciava sempre all'esame, e l'avrebbe passata solo se lei...».
«Può darsi. Ma non la metterei in questi termini...».
«So solo che si chiama Carlo e che abita con moglie e figli a Trezzano. Il cognome non lo so. Frequenta il centro fitness Impressive Touch. Io lui non l'ho neanche mai visto».
Un Carlo? Quanti Carli ci possono essere a Trezzano, mille? Però, la palestra. Era la prima cosa da fare.

«Adesso devo rientrare» disse Sara, sconsolata.

«La ringrazio molto, signorina. A cose fatte la informerò in maggior dettaglio. Siamo d'accordo?» dicendo questa cretinata Amedeo aveva la morte nel cuore.

Sull'autobus per Trezzano sul Naviglio Consonni si rese conto che la strada era sempre la stessa che porta a Motta Visconti e a Zelata.

Arnaldo Mascheroni stava lavorando in garage al tornio. Si era messo in testa di sostituire i cavicchi tarlati di una sedia di abete che non valeva niente, avrebbe fatto prima a comprarne una nuova, ma il bricolage era la sua passione. Squillò il telefono.

«Il signor Mascheroni Arnaldo?».

«Sì, sono io».

«Ci scusi sa, siamo dell'Hotel B&B di Binasco. La volevamo avvertire che ha lasciato in camera una camicia e un maglione».

«Io, cosa ho lasciato?».

Così il signor Arnaldo Mascheroni, nato a Robecco sul Naviglio il 7-12-1950, residente a Cascina Perseghetto, comune di Rozzano, scoprì che qualcuno si faceva passare per lui, utilizzando i suoi documenti.

Corse a controllare il portafoglio. La carta d'identità effettivamente non c'era più. E chi poteva avergliela portata via? E che strano che non gli avessero preso anche i soldi, o la carta di credito e il bancomat.

Andò immediatamente dai carabinieri alla caserma di Basiglio per sporgere denuncia. Qualcuno gli aveva sottratto la carta d'identità, aveva sostituito la fotografia e se ne era servito per alloggiare all'Hotel B&B di Binasco. I carabinieri con una certa solerzia telefonarono al B&B e in breve via fax ottennero la fotocopia del documento con la foto del Consonni e i suoi nuovi occhiali a goccia. L'immagine fu presto diramata agli altri commissariati, in tutta la Lombardia.

Il centro fitness Impressive Touch, in breve l'Impressive, si trovava lungo la parallela della SS 494 nella zona est di Trezzano. Ci volle un po' a trovarlo. Dall'esterno non faceva una grande impressione, ma una volta entrato Consonni fu sorpreso dalle luci, dai colori, dall'arredamento, dal bel pavimento di legno, dalle grandi vetrate azzurrate.

Alle pareti c'erano dei grandi tabelloni luminosi raffiguranti persone snelle e abbronzate, giovani e meno giovani, che sembravano godersela proprio, intenti in varie attività di ginnastica, oppure a fare la sauna o a nuotare in piscina.

Un riquadro mostrava una coppia, marito e moglie che dovevano avere più o meno la stessa età di Consonni, ma che dimostravano una ventina di anni in meno e che camminavano vestiti di bianco su una spiaggia solitaria, forse tropicale. Lui si incantò per un istante, pensò a se stesso e ad Angela, a lei il mare piaceva tanto. Quant'è che non andavano al mare? L'ultima volta era stata quella della vacanza a Milano Marittima, soggiorno rovinato e interrotto dal giallo dei due tedeschi gay morti. Angela gli aveva addirittura proposto di traferirsi insieme, trovare una casetta sulla riviera ligure in uno di quei paesini meravigliosi e pittoreschi, dove la vita scorre tranquilla. Ah, ad Angela piaceva sognare. E dove pensava di trovare i soldi? Fra l'altro Amedeo non aveva nessuna intenzione di passare l'ultima fase della sua vita in un posto che non fosse la casa di ringhiera e in una città che non fosse Milano. E inoltre... come avrebbe fatto col nipotino Enrico, che vedeva molto spesso, anzi per la precisione lo aveva in custodia quasi tutti i giorni. Lo avrebbe visto una volta ogni tanto... E come avrebbe passato le giornate nel paesino ligure, a guardare le barche al porticciolo? Ammesso che ci fosse il porticciolo.

Il pensiero su Enrico e su Angela fu come una stilettata per Amedeo, che dovette tornare amaramente in sé. Ma quando mai lo potrò rivedere l'Enrico? E l'Angela? Mi verranno a trovare in prigione?

Sotto i due meravigliosi sessantenni campeggiava una scritta: «Trattamenti Anti-Age e Pro-Age». Che avranno voluto dire? In effetti di tutto quello che c'era scritto su quei tabelloni Consonni capiva poco o nulla.

Estetica high performance. Trattamenti viso e corpo naturali Pevonia Botanica. Clinic system mesoestetic. Epilazione progressiva definitiva. Pilates, yoga in volo. Docce emozionali. Tepidarium. Percorsi antietà detossinanti, energizzanti, drenanti. Flow training.

Si decise ad avvicinarsi al banco, la portineria, la segreteria, o quello che era.

«Buongiorno, io cerco il signor Carlo, sa mica se c'è?».

«Prego?».
«Cerco il Carlo, mi sa dire se c'è?».
«Carlo chi, qui di Carli ne vengono almeno dieci».
«Il Carlo, quello lì di Trezzano, il cognome non mi viene in mente».
«Guardi che qui sono tutti di Trezzano, siamo a Trezzano».
«Il Carlo quello lì, sui quaranta, il bello del pollaio, il sciupafemmine».
«Ma lei cerca una persona e non ne sa nemmeno il cognome?». La ragazza in tuta sportiva lo guardava da capo a piedi, quello strano tipo malvestito, con una lurida valigia dell'anteguerra in mano.
«È che non me lo ricordo, ho l'amnesia».
«Guardi, io non le posso dire niente, per la privacy. Se vuole la faccio accompagnare in palestra e vede se lo riconosce. Però all'idromassaggio, alla sauna ecc. non ci può andare. Altro non posso fare».
Consonni pensò di essere uno scemo. E come faceva a riconoscerlo se non l'aveva mai visto? E lì di quarantenni in forma ce ne dovevano essere molti. Che faceva, si metteva a chiamare a voce alta «Carlo, Carlo» e vedeva chi si voltava?
Gli venne un'idea, ma improvvisamente sentì che le gambe gli si piegavano, si appoggiò al bancone, pareva che stesse svenendo, cercando di reggersi perse i sensi e finì a terra.
«Presto, tiriamogli su le gambe! Questo è svenuto!».
Lo misero su un divano di plastica, alcune persone si raccolsero intorno a lui. Gli sentivano le pulsazioni,

che sembravano normali, ma ancora non riprendeva i sensi.

Vedendo com'era conciato, un personal trainer chiese: «Ma chi è questo qui, un barbone?».

«Magari non mangia da qualche giorno, mi sembra messo parecchio male, e guarda, ha anche preso una caracca sul naso».

«Eh, non so, dice che conosce uno che si chiama Carlo e che viene qui».

«Ma Carlo quale?».

«Io credo sia l'Ottolenghi, quello lì col BMW, dice che è uno molto in forma sui quaranta. Ma io mica ce l'ho detto il cognome, per via della privacy».

«Ma se lo conosce, com'è che non sa il cognome?».

«E cosa ne so io. Che facciamo, chiamiamo l'ambulanza? Tienigli su le gambe...».

Improvvisamente l'uomo rinvenne. Lentamente si rialzò e si mise a sedere.

«Grazie. Grazie, non state a preoccuparvi, ogni tanto mi capita».

«Ma si è fatto vedere? Non ha mica il diabete? Sa, noi qui in palestra stiamo molto attenti, soprattutto alle persone un po' avanti con gli anni».

Consonni sembrava aver recuperato perfettamente e si sentiva un gran furbo.

Te' cul tè e la praivasi, pensò. A questo punto il cognome lo sapeva, e anche la marca della sua automobile.

Angela era sotto shock e il Luis se n'era accorto. Non era la prima volta che lei gli chiedeva, implorante, se avesse qualche idea di dove potesse essere finito il Consonni, se c'era qualche novità, se aveva sentito niente. Luigi De Angelis stava distribuendo un prodotto specifico sulla cappotta della sua BMW roadster, quando vide Angela che rientrava mestamente nella corte della casa di ringhiera.

Per l'ennesima volta, quasi per abitudine, Angela chiese: «Novità?».

«Eh, le ha sentite le novità. Ci vogliono buttare fuori di casa, ma io non mi arrendo, sa? Dovranno venire qui col carro armato, o con la ruspa, io non vendo niente...».

«No, io chiedevo del Consonni, qualche notizia?».

«Eh, no, mi dispiace signora Angela, ma lei che cosa ne pensa di quegli architetti là?».

«Mah, cosa vuole che ne pensi, forse hanno ragione loro... e poi come posso continuare a vivere in questa casa di ringhiera... forse vale la pena di cambiare aria... cercare una nuova ripartenza... Qui, ormai... E se l'Amedeo non torna più? Se gli è successo qualcosa di veramente brutto?».

De Angelis a questo punto la vedeva male. L'Angela era una che contava nel condominio, se la società che lei rappresentava e della quale nessuno sapeva niente avesse accettato la proposta di quei due delinquenti di architetti, ci sarebbe stato poco da fare. Bisognava sbaraccare. E tutto per via di Consonni. Angela pensava che fosse morto?

Così questa volta, un pochino anche per interesse personale, tradì il giuramento.

Temendo che l'Angela pensasse al peggio, si decise a parlare.

«Signora Angela, una cosa ce la devo dire».

«No, guardi, sono così triste che... a me della casa di ringhiera non importa più niente».

«No, Angela, veramente si tratta dell'Amedeo».

«Perché, sa qualcosa?».

«In un certo senso sì, per esempio so che è vivo».

«Perché, sa dov'è?».

«No, ma l'ho incontrato».

«Ah, e allora?».

De Angelis era veramente imbarazzato.

«Non l'ho trovato mica bene. Sembrava un'altra persona. Ha cambiato aspetto, lo sa che si stenta a riconoscerlo? Sembra parecchio stressato, lo sa che mi ha chiesto anche dei soldi?».

«E lei glieli ha dati? E perché non può usare i suoi?».

«Mah, mi ha raccontato delle gran balle, che sta dietro un caso e che non può farsi riconoscere. Mi ha anche mandato in un appartamento a cercare notizie di una certa ragazza, non so, io del Consonni ho fiducia, ma poi ci ho ripensato. Non sarà che ha perso la testa per quella lì?».

«E chi è questa ragazza?».

«Eh, è una bella ragazza, ma bella bella bella, avrà poco più di vent'anni. Roba da far girare la testa, non a me, sa, a me non mi gira più niente. Però mi sa che al Consonni gli è girata parecchio. Lo sa che si è tinto i capelli?».

Dentro Angela montava una rabbia cieca e furibonda.

«Ma dove l'avrà trovata?».

«Eh, questo non lo so. L'indirizzo non me lo ricordo».

«E l'Amedeo è lì da lei?».

«Non credo proprio. A parte che quando ci sono andato io lei non c'era, ma se mi ci ha mandato a me vuol dire che lui lì non ci può andare. Magari l'ha fatta grossa, oppure lei non lo vuole più vedere, e lui non si rassegna. A me ha fatto l'impressione di una persona disperata. Guardi, avevo giurato al Consonni di non raccontare niente a nessuno, ma non ce l'ho fatta. Bisognava che lei lo sapesse».

«Ah, per quello che mi importa di quello stronzo! Avevo già capito che aveva dei grilli per la testa, ma con una bambina, una bambina di vent'anni, che vergogna!».

«Sa, al cuore non si comanda...».

Angela, rientrando nel suo appartamento, era furiosa, e, come spesso le succedeva, cambiò completamente idea. In particolare sulla casa di ringhiera decise di dare battaglia. Chiamò immediatamente il geometra, che in mattinata aveva dato un'occhiata all'edificio.

«Per me queste crepe ci sono da sessant'anni, se doveva succedere qualche cosa era già successo un bel po' di tempo fa. Certo la Xing qualche miglioria dovrebbe farla, un paio di tiranti o catene, reti metalliche di rinforzo, in certi locali non c'è nemmeno il pavimento, c'è la terra, sembrano stalle. Se avessi i soldi li comprerei io quei locali. Varranno un sacco di soldi, crisi o non crisi, io ci farei un B&B. Però il mio parere non conta più di tanto, quello che conta è quello dell'ingegnere Tremonti che è un osso duro. Fra l'altro ha una serie di denunce a carico, ma sono tutte anonime, contano poco. Lui quando deve decidere fra pericolosità o no, sceglie sempre la prima. Poi vengono fatti i lavori, da certe ditte, ci siamo capiti, e allora l'abitabilità salta fuori, ma non è mica lui che la concede, è il Comune».

La mamma di Mattia, il bimbo un pochino sovrappeso, era assai preoccupata per suo figlio, non tanto per l'episodio di violenza verbale cui era stato sottoposto, del quale a lui alla fin fine non importava granché, quanto per il fatto che non avesse più gormiti, quando lei, sua madre, suo padre, gliene avevano comprati a centinaia.

«Ma perché mi chiedi sempre i gormiti, se non ci giochi mai? Ma che ne fai di tutti i gormiti che ti compro?».

«Li ho persi».

Nel tardo pomeriggio Consonni si trasferì in un alberghetto a Trezzano sul Naviglio, B&B La Grotta, euro 39 per una singola. Con nonchalance lasciò la carta d'identità in portineria, si sarebbe trattenuto per un giorno o due.

«Per la colazione?».

«La colazione qui non c'è. Siamo un garnì. Può andare al bar accanto, apre presto» gli disse un ragazzo sui trent'anni scarsi che chiamava mamma quella che pareva essere la proprietaria, la signora Attilia. Questa sembrava avere un diavolo per capello, era sconvolta. Stava inseguendo un gatto che si era rifugiato sopra un armadio.

La signora era fuori di sé perché il gatto si era rifatto le unghie su un oggetto prezioso, un cuscino, qualcosa del genere. L'aveva dilaniato.

«Ah, signore, sapesse, guardi qui che macello, quel disgraziato mi ha rovinato il cuscino, quello per l'ostensione della festa del patrono, un cuscino medievale di seta, l'oggetto più prezioso che c'è in parrocchia in un paesino qui vicino, c'è un taglio di trenta centimetri, ma come avrà fatto? E adesso chi glielo dice al parroco?».

«Mi faccia vedere» disse Consonni, incuriosito. Eh, il danno era bello grosso, un taglio trasversale sulla parte centrale in seta rossa, ricamata in filo d'oro, che andava a dividere in due il simbolo dell'eucarestia. La signora diceva che si trattava di un cuscino del tredicesimo secolo, preziosissimo, perché cucita sopra forse aveva anche una reliquia. Consonni dubitava fortemente della datazione attribuita al manufatto, ma che lo credessero pure. Il danno era comunque il peggiore immaginabile.

«E adesso dove lo trovo io un tappezziere? Alle sette e mezza c'è la processione».

«Un tappezziere? Qui ci vuole un restauratore, e di quelli bravi. Ma perché questo cuscino ce l'aveva lei?».

«Ah, lo chieda al parroco, che mi ha chiesto di lavarlo, stasera c'è la funzione».

«Lavare un cuscino medievale?».

Consonni prese in mano la situazione.

«Ha delle forbici da sartoria? Aghi grossi? Posso fare un lavoro provvisorio, cercando di non aggiungere danni a quelli che già ci sono. Poi andrà portato da un esperto».

Se lo avessero veramente portato da un esperto, pensava l'Amedeo, questo avrebbe confermato che quel cuscino non aveva più di cento anni, era stato rifatto in stile, ma forse la notizia avrebbe introdotto una certa destabilizzazione fra i parrocchiani.

«Ma perché, lei è del mestiere?».

«Un po'».

La signora Attilia lo condusse da Idolina, la sarta, dotata di attrezzature antiquate.

In quelle due ore, la signora Idolina fu veramente sorpresa dall'abilità manuale di quel signore di Milano, di come riuscì a ritagliare un brano di stoffa di seta dall'interno e a utilizzarlo per riempire un buco sulla faccia superiore del cuscino, di come riuscì a recuperare un po' di filo oro dal cordoncino e riutilizzarlo per rammendare un ricamo. Parlarono un po' e Consonni, che aveva riutilizzato i suoi occhiali vecchi – con quelli nuovi non ci vedeva niente – la buttò lì:

«Lei conosce un tal Ottolenghi Carlo, un uomo sui quarant'anni che vive a Trezzano?».

Idolina non lo conosceva ma telefonò a sua cognata, persona informatissima, in quanto impiegata all'ufficio postale.

Quando Consonni, tutto sudato, ebbe finito il lavoro, comparve la signora Attilia, sbalordita dalla qualità dell'opera: era riuscito ad eseguire la preziosa riparazione, una sorta di miracolo, il cuscino sembrava nuovo di zecca.

«Lei signor Mascheroni è il nostro salvatore, ma chi l'ha mandata?».

Contemporaneamente Idolina consegnò al Consonni-Mascheroni un foglietto dove c'era l'indirizzo e il numero di telefono dell'Ottolenghi Carlo.

Dopo la lavorata di tappezzeria Consonni, estenuato, si sdraiò un attimo sul letto della sua cameretta. Avrò fatto bene ad eseguire quella riparazione? E se mi riconoscono? Quando si risvegliò era passata più di un'ora, gli faceva male la testa e il naso. Prima di uscire cercò di chiamare sua cugina Nora ad Arosio, per sapere se aveva notizie della Ketty. Gli rispose il figlio, che della Ketty non sapeva niente.

Quindi Consonni provò a chiamare il numero dell'Ottolenghi.

«Pronto, vorrei parlare col signor Ottolenghi Franco».

Rispose una voce femminile.

«No, guardi, qui non abita Franco, Franco sta a Luminate. Questa è l'abitazione di Ottolenghi Carlo, fu Raimondo».

«Ah, mi scusi, allora ho sbagliato numero».

«Fa niente...».

Anche Angela era al telefono.

«Io ci vorrei provare, lei mi dà supporto?».

«Sono anni che gli stiamo dietro, se potessimo beccarlo per noi sarebbe una soddisfazione».

«E se non accetta?».

«Pazienza, nessuno ne saprà niente. Siamo a casa sua, non è illegale».

«Ci proviamo, dopodomani».

«Ok, domani viene l'agente Miglietta, per l'installazione, ci teniamo in contatto. Ovviamente Miglietta verrà in incognito, col furgone. Una ditta di riparazione degli impianti di riscaldamento».

«D'accordo».

L'abitazione dell'Ottolenghi si trovava in una strada senza uscita, abbastanza vicino alla provinciale per Vigevano. Consonni ci arrivò che erano appena passate le nove di sera, sotto la pioggia, era fradicio.

Si trattava di una villetta bifamiliare, esattamente divisa in due: ciascuna metà era un terratetto. Nella parte sinistra, vista dal davanti, ci stava la famiglia Ottolenghi. Consonni andò a controllare il campanello. Per la zona era una villetta di riguardo, probabilmente la chiamavano addirittura villa. Sul davanti c'era un tetto a spiovente, dentro il quale erano ricavate al primo piano delle terrazzine a tasca, una per unità familiare, ciascuna con due finestre. Nella parte posteriore l'edificio era più grande e più alto, e sulla sommità s'intravedevano dei lucernari, che facevano pensare che lì ci fosse la mansarda. Intorno alla villa ci saranno stati un 1.000-1.500 metri quadri di giardino a prato, ben tenuto, con anche qualche pianta di rose e due alberelli da frutto. Sul fronte c'erano due cancellate bianche, messe per traverso, accanto alle quali si trovavano le porte per l'ingresso pedonale. Oltre le cancellate c'era uno scivolo che conduceva al garage. A quel livello, pensava Consonni, ci dovevano essere dei locali, per esempio la cantinetta. Tutte le finestre del piano terra erano protette da grate metalliche, di quelle a fisarmonica. Solo due finestre erano illuminate, anche se poco, una al piano terra (la cucina?) e una al primo piano nella terrazza a tasca (la camera dei bambini?). Consonni non sapeva se questo Ottolenghi avesse dei bambini, ma lo capì aggirandosi intorno al muretto di cinta. Intravide un triciclo, un'altalena rossa e verde, e gli bastò.

Si appostò in mezzo a qualche alberello in uno spazio pubblico a fianco della villetta. Si nascose tra le frasche, forse non ce n'era neanche bisogno perché non passava assolutamente nessuno. Si sentiva il rumore della provinciale a quattro corsie, continuo e implacabile, ma in quella via secondaria senza uscita nessuno arrivava e nessuno partiva. Le case vicine sembravano abbandonate anche se non lo erano. In ognuna qualche finestra mandava segni di luminescenza, forse erano le luci degli schermi televisivi. La serata era piovigginosa e umidissima, che ragione c'era di uscirsene di casa?

Soltanto alle nove e mezza accadde qualcosa. Si aprì il cancello metallico diagonale, mosso da un motore elettrico. Uscì una macchina scura, che aveva lo stesso stemma della spider del De Angelis, una BMW, anche se molto meno sportiva e più grossa di quella del Luis, l'Ottolenghi aveva una familiare, o come si chiamano adesso.

Ah, se avessi un'automobile – pensò Consonni – potrei andargli dietro. Chissà dove va, in palestra? Potrei provare a chiedere un altro favore a De Angelis, magari mi aiuta a pedinarlo.

Carlo Ottolenghi era uscito alle nove e mezza ed era tornato alle undici e quarantacinque. In tutto questo tempo Consonni, infrattato in mezzo alle frasche bagnate, ebbe modo di tirare su tutta l'umidità che può produrre una zona come quella, l'intera umidità del Naviglio, e di prendersi un raffreddore. In quelle due ore ne pensò di tutte, compreso il contrario. A che serviva quell'appostamento? Come avere maggiori informazioni su quell'uomo?

A mezzanotte e mezza tornò starnutendo all'alberghetto. Non aveva neanche mangiato. La signora Attilia, che lo aveva aspettato, lo accolse come il Messia.

«Signor Mascheroni, lei ci ha salvati, lo sa che non se ne è accorto nessuno? Oh, ma lei si è preso un bel raffreddore, le posso offrire qualcosa?». Così Consonni fece uno spuntino, a quell'ora tarda, un'ottima pasta e fagioli riscaldata, nella cucina dell'abitazione della signora. Dopo la pasta l'Attilia gli preparò un vin brulé, e lui per un attimo si distrasse da tutti i suoi problemi.

Giorno cinque

La mattina dopo l'Amedeo si procurò un mezzo meccanico. Aveva immaginato di chiedere aiuto al De Angelis, ma poi ci aveva ripensato. Qui potevano svilupparsi situazioni assai pericolose e bisognava andare coi piedi di piombo, gente senza scrupoli, pronta a uccidere di nuovo.

Chiese un po' in giro, alla signora Attilia, se c'era modo di avere una macchina a disposizione per la mattinata, doveva fare qualche giro: però lui la carta di credito non ce l'aveva. La proprietaria ci pensò un po' poi andò a svegliare suo figlio, quello che Consonni aveva incontrato alla portineria, il quale a detta della madre era automunito.

Lui non sembrava avere nessuna intenzione di prestarsi ma la madre evidentemente lo convinse, anche perché col signore di Milano, che l'aveva salvata, si sentiva in debito. Per cinquanta euro il Consonni avrebbe avuto a disposizione una vettura, una Ford Fiesta con autista. Fino alle ore 14. Prezzo speciale. Se avesse superato quell'orario erano altri cinquanta euro. Niente ricevuta e tantomeno fattura.

«Le va bene?».

«Sì, basta che suo figlio non mi faccia troppe domande».

«Ah, lui? Lui se mette tre parole in fila è un miracolo».

Così alle otto meno dieci la Ford Fiesta grigio metallizzato stazionava nelle vicinanze della villetta degli Ottolenghi, posteggiata all'inizio della strada privata. C'era un po' di foschia, per non chiamarla nebbia. Nonostante ciò Consonni poté rilevare la partenza di una Renault Clio, che usciva dal garage. Alla guida una signora magra e biondastra, non si riusciva a vedere altro. Sul sedile posteriore le teste di due bambini, un maschio e una femmina, età presunta fra i sei e gli otto anni. Li stava portando a scuola.

Dopo una decina di minuti uscì anche la BMW blu scuro dell'Ottolenghi. Consonni disse al ragazzo di muoversi.

«Dovresti stare dietro a questa macchina qui, senza farti vedere, non la perdere di vista».

Il ragazzo, Michael si chiamava, non fece domande e mise la freccia.

«Sono un investigatore privato con licenza, è tutto regolare».

Michael sembrò mostrare un leggerissimo sussulto dal suo torpore: «Roba di corna?».

«Eh, beh, ci vuol poco a capirlo».

«Io lo conosco quello lì, è il marito della Piccinini».

«Lei conosce i Piccinini?».

«E chi non li conosce quelli lì, hanno una villa vicino a Monzoro, son pieni di soldi».

«E com'è che hanno tanti soldi?».

«Boh, cosa ne so, ma qui li conoscono tutti».

«E il marito i soldi li ha?».

Michael non rispose. Seguiva la BMW a distanza e non riusciva a fare due cose contemporaneamente. Stavano procedendo in direzione di Vigevano, dove deviarono per Gambolò. Proseguendo arrivarono a Tromello, dove l'Ottolenghi, che procedeva abbastanza lentamente, evidentemente passava tutto il tempo al telefono, dopo una serie di deviazioni, mise la freccia, per entrare dentro il giardino della Scuola Secondaria di Primo Grado G. e G. Robecchi.

Michael si fermò anche lui.

Ottolenghi aprì il portellone posteriore ed estrasse un borsone. Consonni scese dalla macchina. «Mi aspetti qui». Michael si accese una sigaretta.

Consonni si infilò nella scuola, un bidello lo fermò: «Lei dove va?».

«... ehm, sono col signore che è passato prima, il signor Ottolenghi, dovevo posteggiare la macchina».

«È un rappresentante anche lei? Sala professori, primo piano, proprio davanti alle scale». Consonni sudava freddo. Rappresentante, eh? Raggiunse la porta della sala professori, che era socchiusa. Si sedette su una panca di legno a fianco, era già esausto ed erano solo le nove del mattino.

Carlo Ottolenghi rimase una mezzoretta in sala professori, faceva lo spiritoso con alcune professoresse che evidentemente non erano insensibili al suo fascino. In effetti a vederlo da lontano si poteva dire che si trattava di un bell'uomo. Asciutto, ben vestito. In aula professori civettavano: «Se quest'anno mi prendete il Gucci-Fernandez, che è miglioratissimo – vedete che ci sono anche le parole in lingua straniera per gli extracomunitari? – vi faccio un omaggio speciale... professoressa Maldonati, ma lei ha fatto un patto col diavolo?... Io se fossi suo marito sarei ben geloso...». Un paio di professoresse starnazzavano in piena soddisfazione. Che facevano? Che cosa stava cercando di vendere? Purtroppo Consonni non riusciva a carpire la conversazione per intero, ogni tanto sentiva ridere. Ci fosse stata con lui l'Angela, ex professoressa, gli avrebbe spiegato la storia delle adozioni dei libri scolastici, eccetera.

A un certo punto suonò la campanella e Consonni capì che era meglio togliersi di lì, si gettò per le scale, per anticipare l'Ottolenghi. Riuscì a montare sulla Fiesta prima che quello avesse raggiunto la BMW.

La BMW di De Angelis durante la parte finale dell'inverno godeva di una serie di attenzioni superiori a quelle delle altre stagioni. Questo a causa di variazioni climatiche improvvise che potevano causare danni irreversibili alla verniciatura metallizzata. Un continuo cambiamento della percentuale di umidità misto alla esposizione ai primi raggi solari riscaldanti, una combinazione che per la carrozzeria poteva essere letale. Il De Angelis stava proprio cercando di ovviare a questi problemi, distribuendo uno strato di cera protettiva alla sua macchina, quando vide arrivare un'auto della polizia, seguita dall'utilitaria della Caterina. Quest'ultima fece strada agli agenti, aprendo loro la porta dell'appartamento di suo padre. Restarono in casa per una mezzoretta.

Lo sapevo, lo sapevo, quello lì si è messo nei guai... e quando mai recupererò i miei soldi? Mettiamo che il Consonni non salti più fuori, mettiamo che si sia messo in un giro di balletti rosa, mettiamo che lo abbiano fatto fuori, e io cosa faccio? Mostro il mio foglietto alla Caterina e mi faccio rendere i soldi? Oppure mi conviene parlare con la polizia, spiattellare la verità, che io l'Amedeo l'ho visto e che ho il sospetto che...

Ottolenghi arrivò alla seconda scuola media da visitare, a Lomello. Qui Consonni adottò una strategia diversa. Gli era andata bene la prima volta, non poteva rischiare ancora. Così mentre il rappresentante era all'interno lui rimase in macchina col Michael, solo quando la BMW se ne fu ripartita entrò nella scuola e si diresse con disinvoltura nella sala professori. Non gli dissero niente. In sala non c'era nessuno. Sul tavolone avvistò dei libri di testo colorati, ai quali era graffettato un biglietto da visita.

«Carlo Ottolenghi. Area manager. Ecc. ecc.». Lo prese.

Quando risalì sulla Fiesta il Michael gli domandò: «Ma la BMW non la seguiamo più?».

«No, torniamo a Trezzano». Erano le 13.25.

«Ma lei non ha fame?».

«Eh, beh, un boccone lo mangerei, anche perché non so se stasera...».

«Allora si fidi di me, conosco una trattoria da queste parti, vicino a Gaggiano...».

«Sì, ma la macchina la pago fino alle due, eh? Non facciamo scherzi».

«Non si preoccupi, adesso ce lo dico alla mamma, che l'ho già scaricato».

Michael lo portò in una bella trattoria tradizionale, di quelle dove d'estate si mangia sotto il pergolato. Non era la stagione per mangiare fuori, entrarono in una delle salette, confortevoli.

Il menù era interessantissimo, c'era anche il tonno di campagna, saranno stati trent'anni che Consonni non lo mangiava.

Fatte le ordinazioni si alzò un attimo, doveva fare qualche telefonata e nella trattoria avevano il telefono a scatti.

«Ma perché non usa il cellulare?».

«Eh, già, io sono un bamba, e se mi intercettano?».

«Ah, già, scusi, non ci avevo pensato...».

Consonni disse che doveva lavarsi le mani, ne approfittò per telefonare all'ufficio dove lavorava Ottolenghi, in base al biglietto da visita, e chiese di lui, sostenendo di essere un insegnante di Monza.

«Monza non è zona di Ottolenghi, la posso mettere in contatto col responsabile di area».

«Ma io conoscevo l'Ottolenghi, sa, io prima insegnavo a Vigevano».

«Capisco».

«Lo trovo la settimana prossima?».

«No, la settimana prossima siamo tutti via perché c'è la Convention».

«E che cos'è la Convention?».

«È l'occasione in cui si presentano tutte le novità dell'anno prossimo, quest'anno andiamo a Istanbul».

«A Istanbul? E cosa gli vendete ai turchi?».

«Ma no, presentiamo i libri scolastici in adozione, ma le Convention si fanno all'estero perché costa meno».

«Va bene, richiamerò in seguito».

Consonni aveva capito tutto. Era a Istanbul che l'Ottolenghi voleva portarsi dietro l'Amelia. Era quello il viaggio che lei aveva annunciato alla sua amica. Probabilmente le cose non avevano funzionato come lei pensava.

Mentre attaccavano le cotolette fritte con l'osso Consonni si lasciò un po' andare col suo accompagnatore.

«Ma tu cos'è che fai nella vita?».

«Quasi niente, sono disoccupato».

«E non lavori? Buonissime queste cotolette...».

«No. Cioè, un po' lavoro da mia madre, ma non mi piace».

«E che cos'è che ti piacerebbe?».

«A me piacerebbe il mestiere che fa lei».

«Il tappezziere? E perché proprio il tappezziere?».

«Macché tappezziere... a cosa serve un tappezziere. A me piacerebbe fare l'investigatore privato».

Consonni ne rimase contrariato. Che c'è di male nel mestiere di tappezziere?

«Non è che lei potrebbe farmi entrare in contatto con l'ambiente? Come ha visto con la macchina me la cavo, poi ho anche provato con certi travestimenti».

L'altro scuoteva la testa. «Non pensare che siano rose e fiori».

«Mi darebbe un suo biglietto da visita? Magari potrei venire a trovarla al suo ufficio».

«Ufficio? Io non ho nessun ufficio, e neanche un biglietto da visita. E se me lo trovano addosso?».

«Ah, già, è vero. Bisogna viaggiare in mezzo a mille cautele, non è vero?».

«Eh, ci sei arrivato, ma se mi dai il tuo numero di telefono, in futuro magari posso muovere le mie conoscenze...».

«Conoscenze?».

«Comunque su tutto quello che è successo oggi, massima riservatezza».

«Certamente».

Alla fine del pranzo naturalmente toccò pagare al Consonni, per fortuna i prezzi erano economici. Ripartirono per Trezzano e Michael lo lasciò davanti al B&B La Grotta che erano quasi le tre.

Consonni rifletteva sull'esito del pedinamento. Insomma, Carlo Ottolenghi era sposato e aveva due bambini sui sei-otto anni. Lavorava come rappresentante ed era sempre in giro tutto il giorno. La moglie non lavorava e in famiglia i quattrini li aveva lei.

Quello di cui il Consonni non si era reso conto era che da Lomello a Gaggiano una BMW familiare blu scuro aveva seguito a distanza la Ford Fiesta. A Gaggiano era rimasta in attesa per più di un'ora, mentre i due facevano colazione. Da Gaggiano a Trezzano aveva ripreso a seguirli. Il conducente aveva notato dove il passeggero era stato scaricato e aveva anche riconosciuto il posto, un B&B abbastanza squallido.

Solo a questo punto l'Ottolenghi era ripartito verso casa sua.

Nella corte della casa di ringhiera gli architetti Du Vivier e Ortolani stavano aspettando la signora Xing. Questa arrivò col suo macchinone, una BMW 6.000 di colore nero.

La signora Xing era di un'età indefinibile, fra i quaranta e gli ottanta: scheletrica, vestiva solo di griffe prestigiose, per la prima volta l'architetto Ortolani capì che aveva addosso molti meno soldi di quanti non ne avesse addosso la sua controparte. La signora Xing parlava un italiano abbastanza approssimativo però si faceva capire benissimo e non aveva tempo da perdere, nella sua agenda aveva i minuti contati e per lei la questione della casa di ringhiera di via *** veramente era cosa da poco.

Il Du Vivier cominciò con la litania dei suoi salamelecchi ma la Xing lo stoppò subito, per lei sprecare quindici minuti per un affare da qualche centinaia di migliaia di euro era tempo perso. Molto abituata a trattare di cifre non indifferenti, entrò subito nel merito.

«Voi offlite 300.000, io dico 600.000 e domani complomesso da notaio mio. No negoziale. 400 metri centlo Milano follia, io tlovale ditta che mi fa lavoli a 500 eulo emmedue, poi vendo a milione punto due. Se divido quattlo unità due milioni, pelò più lavolo. Se no faccio galage, 100.000 posto macchina. Tu pensa io deficient?».

Gli architetti erano sorpresi.

«Se non mi dà 600.000 io pagale ingenele 100.000, a fale lavoli io. Costale meno che a voi. Voi avele contanti? Io volele tutti e subito, se no niente. Pensate pagale dopo fatta speculazione? Addio».

Consegnò all'architetto Du Vivier un biglietto da visita in cinese, il telefono però era in numeri arabi.

«Voi pallale con Ma Long. 600 mila, domani, ok. Io piene palle di questo casa».

Ripartì come un fulmine con la sua BMW 6.000 otto cilindri. Il De Angelis si era affacciato, intimorito da quella vettura, in confronto alla quale anche la sua piccola sportiva faceva ben magra figura.

Anche Angela aveva spiato la conversazione, peraltro tenuta a voce altissima. Quel dialogo, unito al parere del geometra, l'aveva indotta in tentazione. C'era da pensarla bene, a proposito della disponibilità della Xing a vendere, ma perché no?

Consonni si era fermato a un bar di Trezzano, aveva chiesto una china calda, per digerire. Mentre la sorbiva stava rimuginando sulla Ketty: se fosse riuscito a stabilire un rapporto fra l'Ottolenghi e la Ketty le cose si sarebbero chiarite da sole: e lui il numero di telefono dell'Ottolenghi ce l'aveva. Gli venne in mente un'idea. Trattenendosi un po' in complimenti con la cassiera, una ragazzina che al massimo avrà avuto diciotto anni, le propose:

«Le andrebbe di guadagnare qualche euro extra? Un lavoretto semplicissimo».

«Guardi che chiamo mio fratello, sa? Quello ci mette un attimo a romperle la testa».

«Ma che cosa ha capito! Le chiederei soltanto di fare una telefonata per me, io non posso farla, perché se mia figlia lo viene a sapere mi ammazza».

«Una telefonata?».

«Sì, soltanto una telefonata a questo numero. Lei deve dire che si chiama Ketty e che vuole parlare con Carlo. Solo questo. Le do 20 euro, è una questione di un minuto».

«20 euro? E se parlo con questo Carlo che cosa gli devo dire?».

«Niente, solo che lei è Ketty. Se lui le dice ciao, come se la conoscesse, attacchi. Se le dice "e chi è questa Ketty" lei attacchi lo stesso. Finis».

«Sicuro? Ma cos'è che ha combinato sua figlia? Non è che mi mette nei guai?».

«Ma quali guai, mica deve dire il suo nome».

«Facciamo quaranta, anticipati».

Consonni pagò.

«Prontooo? Vorrei parlare con Carlo».

«Sì, chi parla?».

«Sono Ketty».

«Ketty chi?».

«Sono Ketty, vorrei Carlo».

«Mio marito non c'è, di che si tratta?».

La ragazza attaccò, e riferì al Consonni.

«Ma sua figlia se la fa con gli uomini sposati?».

«Eh, lei non sa che dolore può provare un genitore...».

«Che schifo! Io al massimo vado con quelli fidanzati. Ma sposati no».

Quaranta euro buttati nel cesso, in più sicuramente la signora Ottolenghi non aveva gradito per niente quella voce giovanile e femminile. Magari avrebbe fatto delle domande a suo marito. Magari sapeva già tutto.

Alle tre e mezza del pomeriggio un furgone con scritto sopra Riello entrò nella corte della casa di ringhiera. Ne uscì un tecnico in tuta verde, che recava anch'essa la scritta Riello, che scaricò una valigia rigida di attrezzature e si diresse verso l'appartamento della Mattioli.

Una volta dentro si presentò: «Sono Miglietta, qual è la stanza?».

«Prego, da questa parte».

L'agente Miglietta si fece avanti, passando per il salotto dove scorse le vetrinette con la collezione di servizi da caffè di Angela.

«Accidenti, ma quello è un servizio di Capodimonte Ottocento, con tazza interno oro, non ha paura a tenerlo così, sotto gli occhi di tutti? Questo vale un Perù».

«Ma come, lei se ne intende?». Angela era tutta inorgoglita.

«Appena un po'».

«Venga qua, che le faccio vedere qualcosa».

Dentro uno stipo chiuso a chiave conservava il pezzo forte della sua collezione, un servizio di Wallendorf, di fine Settecento.

Miglietta era sbalordito. «Lei qui ha un capitale, questa è roba che andrebbe tenuta in cassetta di sicurezza. Anche solo per evitare danneggiamenti».

«Ma che cosa me ne faccio in cassetta di sicurezza, se non le posso vedere quando mi pare? Venga, venga da questa parte, nel mio studio. Sa, io scrivo...».

«Lei fa la scrittrice? Interessante, sa che anch'io scrivo? Ho pubblicato tre libri, genere noir. Almeno so di cosa parlo».

Angela mostrò a Miglietta il suo studio. Questi analizzò scrupolosamente la stanza e piazzò i suoi macchinari, che in realtà erano piccolissimi, non occupavano posto, non si vedevano proprio.

«Adesso vado nel furgone e facciamo una prova, fra quattro minuti lei si sieda lì e parli, normalmente, anzi, a voce bassa».

«Bene».

Dopo una decina di minuti Miglietta tornò e disse che andava tutto bene.

«Addosso non le mettiamo niente, quella è gente avvertita».

«Capisco».

La Mattei-Ferri vide ripartire il furgone della Riello e si pose alcune domande. Concluse fra sé e sé che se quello era un tecnico della Riello lei era una crocerossina. Pensavano che non si fosse accorta che il Consonni era sparito?

Consonni era in ritardo, doveva andare ad Arosio, che peraltro era anche il suo paese di origine. Saranno stati vent'anni che non ci tornava e che non vedeva l'unica parente rimasta, sua cugina Eleonora, detta Nora, zia della Ketty per parte del marito, indirizzata all'Amedeo proprio dalla zia.

Arrivò a Cadorna con la metro da Famagosta, da lì prese il treno Ferrovie Nord.

Arosio era molto cambiata e lui stentava a riconoscerla, c'erano molte più case, moderne, e tanti cartelli stradali e pubblicitari. Non che Arosio gli fosse mai sembrata molto bella, ma quando era bambino era un piccolo centro che ruotava tutto intorno al mobilificio, dove lui aveva cominciato a lavorare come tappezziere.

Uscito dalla stazione si incamminò verso la casa dello zio, che adesso era occupata dalla Nora, che aveva più o meno la sua età. Non si era annunciato con una telefonata, le telefonate possono essere registrate.

Consonni trovò facilmente la casa, l'unica differenza era che l'avevano dipinta di rosa. Quei rosa da fondo di magazzino dei negozi di vernici. Al piano di sotto una volta c'era l'officina, adesso era stata trasformata in una casa di abitazione, probabilmente ci stava il figlio della Nora, il Marco, che faceva l'autista del minibus scolastico.

Suonò il campanello, erano le quattro del pomeriggio.

«Chi è?». L'Amedeo riconobbe la voce squillante di sua cugina.

«Sono l'Amedeo, Amedeo Consonni».

«Amedeo, ma cosa ci fai qui? Sali, sali su».

Amedeo si inventò che era lì di passaggio e allora aveva pensato di fare un salto a salutare la Nora.

Questa nel vedere Amedeo rimase un po' stupita. Non l'avrebbe mica riconosciuto. Si era tinto i capelli e aveva cambiato faccia, non sembrava che stesse tanto bene.

«Che sorpresa! Ma che bella novità! E come sta la Caterina? E l'Enrico?».

«Stanno bene, molto bene, ti salutano».

«Ma accomodati, cosa fai? Vieni in salotto, cosa ti posso offrire? Un vermouth?».

Consonni guardò Nora, che indossava una vestaglia sintetica, a fiori sbiaditi. Nora si vide guardata e accampò delle scuse.

«Devi perdonarmi se mi trovi così, stavo facendo i mestieri».

«E come sta il Marco, come va la sua famiglia?».

«Ah, beh, sta bene, anche se... negli ultimi tempi c'è stato qualche problema... con la moglie non andavano d'accordo... adesso lei, con i bambini...».

«Ah, mi dispiace...».

«Adesso lui è tornato ad abitare qua sotto... insomma, è una fase di passaggio. Ma sei sicuro che non vuoi niente? Un caffè?».

«Sì, il caffè lo gradisco molto».

Dopo una serie di silenzi Consonni riuscì a trovare la forza per venire al punto.

«A proposito, ti ricordi quando qualche mese fa mi avevi chiamato per la Ketty?».

«Sì, perché, è successo qualcosa?».

«No, ma è che non si è fatta più viva... dovevamo vederci e non è venuta. Sai, mi sembrava che avesse bisogno. Invece non è venuta».

Nora servì il caffè e si tirò su le maniche, sedendosi.

«Eh, quella ragazza lì è un vero grattacapo, mio cognato ci sta diventando matto, l'avrai capito, ha dei problemi con la droga».

«La droga?». Consonni fece finta di niente, come se non ci avesse mai pensato.

«Eh, la droga, sì».

«E allora?».

«E allora sono diversi giorni che non si fa più sentire, l'Alfredo l'ha cercata dappertutto, ma lei è fatta così, certe volte, soprattutto se ha un po' di soldi, non si fa sentire per settimane, poi, quando li finisce, si rifà viva».

«Ma quand'è l'ultima volta che l'avete sentita?».

«Mah, una settimana fa, roba del genere».

Che avesse avuto una iniezione di soldi da qualcuno per fare la telefonata?, si chiese fra sé e sé Consonni. O che abbiano fatto sparire anche lei?

«Adesso tu riposati un po', che io vado a mettermi in ordine... Mi vergogno che mi hai trovato così».

«Ma figurati, non ti preoccupare, sono io che sono un maleducato, perché ti ho fatto l'improvvisata, fra poco devo andare».

«Come, non ti trattieni un po'? Non resti a cena?».

«No, devo andare, ho un impegno a Milano».

Consonni avvertì che per la Nora questa non era una cattiva notizia. Com'era invecchiata, e provata... lei che era sempre stata una forza della natura. E adesso aveva i suoi problemi, col figlio e con la nipote. Roba da niente? Chi poteva dirlo.

Sulla via del ritorno, in treno, Consonni era triste da morire, e, mentre scorrevano davanti a lui i mesti paesaggi di Cesano Maderno e di Paderno Dugnano, gli vennero pensieri complessivi, pessimistici e definitivi, sulla malinconia del mondo.

Ma quando fu di nuovo alla Stazione Cadorna dovette tornare ai suoi obiettivi pratici, senza lasciarsi andare. C'era la questione dei gemelli da seguire. Il killer indossava quei gemelli, ma chi lo mandava? Era stato reclutato da chi? E perché avevano messo nel mezzo proprio lui? Qual era il ruolo dell'Ottolenghi e perché la Ketty era scomparsa? Più il Consonni cercava di riassumere mentalmente la situazione e meno ci capiva, e più si vedeva spacciato. E se fuggissi davvero? Potrei chiedere al signor Peppe un passaggio, lui me lo darebbe. Turchia?

A Milano si fermò da Damiani, una gioielleria di lusso. Anche lì, soprattutto lì, lo guardarono di traverso per il suo aspetto da accattone. Lui chiese informazioni sui gemelli d'oro del Milan, voleva sapere se ne avevano mai realizzati, aveva in mente un modello.

«Sa, i gemelli non rientrano nella nostra produzione, se non per rare eccezioni».

«E quali sarebbero queste rare eccezioni?».

«Se lo può anche immaginare, qui abbiamo clienti molto prestigiosi».

«E vi hanno commissionato dei gemelli del Milan?».

«Eh sì, dei gemelli molto preziosi».

«Se posso, chi ve li ha commissionati?».

«Ma come, non ci arriva? LUI, no?».

«LUI chi? Chi è questo lui?».

«Ora, sa che i nomi non li possiamo fare, ma è LUI, no? Il Milan, diamanti, chi altro vuole che sia?».

Consonni non ci arrivò, comunque non gli pareva che quei gemelli d'oro che aveva visto fossero costellati di diamanti.

Ripartì alla volta di Trezzano, pensando di abbandonare la pista dei gemelli, era come cercare un ago nel pagliaio.

La Mattei-Ferri, installata di fronte al suo osservatorio, la finestra di cucina, vide arrivare una ragazza con una minigonna all'altezza del pube, le calze tutte sciupate e degli scarponi anfibi ai piedi. E questa chi è?

La tipa andò a suonare alla porta del Consonni e attese una risposta, invano. Lo sapevo, pensò la Mattei-Ferri, quel satiro non si arrende mai. Quella provò a usare il telefonino, senza successo. Suonò di nuovo il campanello, a distesa, si poteva sentire dagli altri appartamenti della ringhiera, ma che era, ammattita? A quel punto la Mattioli uscì di casa e andò a chiedere a quella smandruppata, che le ricordava un paio di studentesse del quinto anno che aveva avuto in classe, anche se molto più in là con gli anni. Che fosse un'amica dell'amante del Consonni? O che fosse l'amante stessa?

«Mi scusi signora, non è che ha visto il signor Consonni? Sa mica dov'è? Avrei un'estrema necessità di vederlo...».

«Anch'io...» disse amaramente Angela. «Ma lei chi è?».

«Io? Io sono una parente del signor Amedeo, è il cugino di mia zia».

«E come si chiama?».

«Mi chiamo Ketty, io so chi è lei, lei è Angela, lo zio Amedeo mi ha parlato di lei».

«Di me? E quando?».

La Ketty raccontò in sintesi degli intercorsi col Consonni.

«È un uomo tanto buono, possibile che proprio adesso si sia dimenticato di me?».

«Buono in che senso?».

«Eh, lui mi aiuta, e mi aveva promesso...».

«Che le aveva promesso?».

«L'ho cercato sul telefonino ma non mi risponde. Gli ho mandato anche un messaggino, lo so che lui il telefonino lo tiene spento apposta».

«Credo anch'io» rispose Angela, fra l'irritato e il preoccupato. «Io di Consonni non so più niente, e non voglio sapere più niente, quindi se ne può anche andare».

La Ketty di suo sarebbe stata anche una bella ragazza ma era tutta sciupata, aveva la pelle brutta, lo sguardo da un'altra parte, si vedeva benissimo che mentre diceva una cosa ne pensava un'altra, insomma era una un po' fuori dalle righe, probabilmente a causa di certe sostanze.

«Veda, con l'Amedeo eravamo d'accordo che mi avrebbe dato 100 euro, perché sono proprio in difficoltà. Gliel'avevo detto, ho trovato un lavoro, ma devo pagare la carta bollata per la domanda, e devo pagare il certificato medico e altre cose di burocrazia... E adesso come faccio che il Consonni non c'è? Sa, per me sarebbe importante. E lo sa che mi è venuto a cercare al centro sociale? Si vede che voleva darmi i soldi, però non mi ha trovato. Ma adesso dove sarà?».

«E quand'è che sarebbe venuto a cercarla al centro sociale?».

«Due sere fa».

«Ah. Bene. Arrivederci». Per Angela questa era un'altra balla, perlomeno però adesso sapeva che non si trattava della Ketty.

«Un momento, un momento, signora Angela, aspetti, il Consonni non c'è, non è che potrebbe aiutarmi lei, per i 100 euro? Glieli renderò al più presto, appena ho il lavoro, le giuro che...».

Angela andò a prendere il portafoglio. Le dette 50 euro.

«Di più non posso».

«Sicura? Mi servirebbero proprio 100 euro».

«Io non le do altro, ma provi pure lì all'appartamento 5 dal signor De Angelis, oppure all'appartamento 12 della signorina Mattei-Ferri, sono tutti amici di quella brava persona del Consonni, vedrà che basterà fare il suo nome perché aprano il borsello».

Angela non era mai stata così amara, nei confronti di Amedeo.

La Ketty se ne andò via, dopo aver insistito un altro po', altri 25, 20 euro?

Consonni stava tornando verso La Grotta a Trezzano, ma quello che vide da lontano lo costrinse a fermarsi. Davanti all'ingresso era posteggiata una macchina azzurra della PS. Questa non ci voleva. Che fossero lì per lui? Cercò di pensare velocemente ma non ci riuscì. Come avevano fatto a trovarlo, qualcuno aveva parlato, Michael? Oppure era per la riparazione del cuscino medievale, la faccenda si era risaputa, e allora...

Restò lontano a osservare la situazione, e adesso come faccio? Dopo un quarto d'ora la macchina della polizia se ne ripartì. Cosa erano venuti a fare? E la sua valigia? Si tastò in tasca, il lingottino era ancora lì.

Fece un giro largo, cercando di raggiungere il retro dell'hotel. Ormai c'era abituato, in ogni posto dove andava registrava le vie di fuga possibili, e aveva notato che dietro l'alberghetto c'erano delle scale antincendio che davano su un cortile asfaltato. Lo raggiunse che si era fatto buio. Si avviò per le scale di sicurezza e raggiunse, al secondo piano, una porta a vetri chiusa dall'interno. A questo punto non c'era da andare troppo per il sottile. Cercò di sfondarla con una sederata ma non ce n'era bisogno, la porta era aperta, dava proprio sul corridoio dove c'era la sua camera. Per fortuna la chiave se l'era portata dietro, non l'aveva lasciata in portineria. Temendo che qualcuno si fosse appostato dentro ragionò su come accertarsene. Bussò alla porta e rapidamente si nascose in uno sgabuzzino pieno di asciugamani e lenzuola proprio di fronte. Non rispose né uscì nessuno. Per sicurezza ripeté l'operazione e si nascose di nuovo. Niente. A questo punto, con prudenza, aprì la porta della sua cameretta singola. Non c'era nessuno. Tuttavia... tuttavia qualcuno c'era stato, e non la donna delle pulizie. La sua vecchissima valigetta non c'era più.

Sono rovinato, rovinato, nella valigia ci sono i miei effetti personali, possono risalire a me. E inoltre, ci sono i ritagli di giornale, accidenti a me che non li ho buttati, lo sanno benissimo che ho la passione di collezionare i ritagli di giornale di cronaca nera, a casa mia avranno trovato tutti i miei faldoni, e adesso?

Consonni fuggì, ancora una volta, e non sapendo dove andare riparò nella sala d'aspetto della stazione ferroviaria di Trezzano sul Naviglio.

Erano passate le 10 e lui era disperato, eppure... proprio adesso che gli sembrava di essere vicino alla soluzione. Si sentiva la febbre, sudava freddo e aveva i brividi. Non riusciva a respirare col naso, che gli colava continuamente, e ancora sanguinava un po!

In che disastro sono finito, povero me, alla mia età, a chi posso chiedere aiuto, un rifugio? All'Angela? No, coinvolgerei anche lei, va a finire che la accusano di favoreggiamento. A Caterina? Idem. Al De Angelis?

Alla ricerca di altri fazzolettini nella giacca trovò il biglietto da visita del signor Peppe, il camionista. E se lo chiamassi?

«Pronto, il signor Peppe?».

«Sì, sono io» si sentiva il rumore del motore del camion.

«Eh, mi deve scusare, si ricorda di me?».

«Certo che mi ricordo, lei è quello nei guai».

«Eh, ha detto bene, sempre di più».

«Dica pure».

«Senta, son qui a Trezzano, e avrei bisogno di un

rifugio, almeno fino a domani. E mi sono anche ammalato».

«A Trezzano sul Naviglio? Mi richiami fra quindici minuti».

Dopo quindici minuti Consonni richiamò. Peppe fu di poche parole.

«Si faccia trovare davanti alla stazione di Trezzano fra mezz'ora».

L'Amedeo si fece trovare.

Un furgone Fiat Ducato con scritto sopra: «Brocchi Utensili» si fermò, il conducente gli chiese: «È lei l'amico di Peppe?».

«Sì, sarei io».

L'autista non disse niente, durante il breve viaggio. Condusse il Consonni sul retro di un magazzino e lo fece entrare. Lo portò in una stanzetta riscaldata dove c'era un giaciglio. «Qui ci sono le coperte. Lenzuola non ne abbiamo. Il servizio è quello che è. Questa è la stufa, la legna è lì accanto. Prima di andare a dormire la carichi al massimo, anche se non fa fiamma, poi riprende. Se si sveglia di notte la ricarichi perché non dura più di due ore. Guardi, qui c'è un bollitore. Si può fare un tè. Questo – estrasse dalla giacca un barattolo di miele – lo faccio io, è un toccasana. Domattina alle sette lei se ne deve andare. Non si preoccupi di rimettere a posto. Se ne vada e chiuda la porta dietro di sé. Buonanotte». Se ne andò.

Consonni era allibito. Non sapeva neanche dov'era. Controllò che il lingottino fosse ancora nella tasca interna della giacca. C'era. Si tolse i vestiti e li mise ad asciugare vicino alla stufa, dopo averla ricaricata. Anche i calzini e le scarpe, tutto fradicio. Non aveva neanche un ricambio. Oh, Santa Madonnina mia...

Alle dieci di sera la BMW Touring blu posteggiò sul retro del B&B La Grotta di Trezzano. Il conducente uscì guardandosi intorno. Non vide niente e nessuno vide lui perché era una di quelle sere in cui a Trezzano la nebbia si taglia col coltello.

Non gli fu difficile trovare la camera del milanese, facendo lo stesso itinerario che aveva fatto il Consonni in precedenza. Attese qualche minuto fuori dalla porta, nascosto dietro un angolo. Si spensero le luci a tempo. Si sentiva solo il rumore della televisione della camera accanto. Una telecronaca in differita di una qualche partita della Bundesliga.

Bussò con calma alla porta della stanza. Nessuna risposta. Bussò di nuovo.

«So che ci sei, aprimi» disse.

Silenzio. Ottolenghi pensava che quello si nascondesse. Allora provò ad aprire la porta e ci riuscì facilmente, perché non era chiusa a chiave, ma Consonni non c'era. Ispezionò la camera, non trovò niente, neanche una borsa o un paio di mutande.

L'uomo si mise ad aspettarlo lì, senza togliersi né il cappotto né i guanti, nell'oscurità.

Visto che la mattina alla scuola materna c'era stato un gran trambusto sulla questione delle merendine e dell'obesità, e soprattutto «si era lavorato» sul fatto che non si prendono in giro i bambini a causa di un loro lieve problema alimentare, Enrico nel pomeriggio era in ambasce. Doveva far scomparire la prova del reato. In qualche modo, non nelle esatte parole usate qui, sapeva che la sua obesità doveva rimanere sconosciuta ai più, soprattutto ai suoi compagni di classe, che se avessero saputo che lui era obeso lo avrebbero messo all'indice. Dunque alla sera decise di mangiarsi tutte le merendine che custodiva nel suo posto segreto, che neanche la mamma aveva mai scoperto. E pazienza per i gormiti. E il nonno? Come avvertirlo che doveva far sparire tutte le merendine? Ma il nonno aveva perso la testa per una «femmina», come diceva Enrico.

Consonni si svegliò, tutto sudato, stava facendo un brutto sogno, aveva i brividi. Forse stava delirando per la febbre, ma gli sembrava in quella stanza di non essere solo. Dalla finestrina in alto trapelava un po' di luce dei lampioni esterni. Troppo poca per poter vedere qualcosa. Si mosse lentissimamente, gli pareva di sentire un respiro, vicino a lui. Ne era certo, c'era qualcuno. Perché non ho preso una chiave inglese, un pezzo di ferro qualsiasi. Restò fermo, paralizzato, cercando di intuire le mosse dell'altro. Quel qualcuno si era però accorto che l'uomo sdraiato sul letto si era svegliato, e aveva cominciato a reagire. Consonni percepì distintamente le fusa dell'essere che gli si era sdraiato accanto. Allungò la mano e incontrò il pelo, il volume delle fusa aumentò.

Consonni si alzò e accese la luce. Era una gatta un po' tozza a strisce grigie e nere, che su quel letto si trovava proprio bene, anche se la luce improvvisa la disturbò un po'.

«Miciulina, e tè cus'è che fai, fai le fusa?».

La gatta fece un po' di stretching, senza muoversi di lì. Consonni ricaricò la stufa e si rinfilò sotto le coperte, al calduccio. La gatta ronfava a pieno regime e questo migliorò la qualità del sonno dell'Amedeo.

Giorno sei

Quella mattina Consonni rispettò le consegne. Si alzò alle sei e mezza, rinfocolò la stufa, che riprese vigore. Si rivestì, gli abiti erano asciutti, le scarpe un po' meno, ci avrebbe dovuto mettere un po' di carta di giornale. Si preparò un tè e ci infilò dentro cinque cucchiaini di miele. Si chiedeva quale fosse la normale utilizzazione di quella stanza, senza arrivare a una risposta. La gatta lo guardò di sfuggita e si riappallottolò sul letto, ma Consonni la fece sloggiare. Ripiegò le coperte e mise in ordine, non riusciva a fare diversamente.

Alle sette e un quarto era già in postazione davanti all'abitazione dell'Ottolenghi. La nebbia fittissima della bassa lo avvantaggiava, perché la sua sagoma era difficile da decifrarsi, se non a una distanza di sei-sette metri. Per il suo stato di salute invece era deleteria. Lo stesso, si appostò di fronte alla villetta.

Stavolta uscì prima l'Ottolenghi della consorte. Consonni si chiese perché, visto che usciva in macchina, i bambini a scuola non li accompagnasse lui. Si vede che aveva fretta.

Alle otto o poco più uscì anche la moglie, con i bambini che facevano confusione e strillavano. Si poté sentire distintamente qualche frase: «No, no e no, ti ho detto che la giacca rosa è a lavare, è ancora bagnata».

«Ma io me la metto lo stesso, cattiva, cattiva», e giù strilli.

La Clio partì in fretta e furia, non aspettò che il cancello automatico si chiudesse. Così l'Amedeo riuscì a infilarsi dentro prima che avesse terminato la sua corsa.

Si diresse subito giù nel garage, in modo che non lo potessero vedere. Da quell'ambiente freddo si accedeva alla casa tramite una porta blindata, chiusa a chiave.

Allora con prudenza, favorito dalla nebbia, uscì allo scoperto e fece il giro della casa. E l'allarme? Vuoi che in una casa del genere non abbiano l'allarme? Si sentiva la febbre addosso, gli faceva male la testa, il naso era dolorante per il raffreddore e per il cazzotto preso.

Il piano terra era blindato, le finestre tutte protette da grate, come sul davanti. Sul retro una porta-finestra, che permetteva l'accesso alla cucina, anch'essa blindata. Consonni dette una sbirciata: sul tavolo erano rimaste tazze e confezioni di cereali, biscotti, burro e marmellata. La mamma non aveva fatto in tempo a rimettere in ordine. Chissà se aveva fatto in tempo ad attivare l'antifurto.

Le finestre al piano di sopra non avevano le inferriate ma erano protette da pesanti scuri di legno.

Sul retro della villetta, accanto al forno a legna prefabbricato, c'era il cosiddetto casotto degli attrezzi. Fu lì che Consonni trovò la scala, che gli permise di salire fino al piano superiore, rompere il vetro di una finestrina, l'unica che non era chiusa, e infilarsi dentro come uno zingarello.

Il problema era che Consonni non aveva propriamente il fisico dello zingarello. Una volta accertatosi che non scattasse nessun allarme, cercò di introdursi attraverso lo stretto spazio a disposizione. Non gli fu difficile infilare un braccio, poi la testa, poi l'altro braccio, il problema si verificò all'altezza della pancia, che stentava a passare. Se l'avesse visto il suo nipotino Enrico gli avrebbe detto che sembrava l'orsacchiotto Winnie the Pooh, che non riesce più a uscire dalla tana, dove ha mangiato troppo.

La finestra era quella di un bagnetto, utilizzato come lavanderia. C'era la lavatrice e l'asciugatrice. Tirando il fiato Consonni, a scatti, riuscì a far passare il suo corpaccione e a entrare dentro, cadendo pesantemente al suolo. Si fece male a un polso e a un ginocchio. Nel bagnetto per prima cosa rovistò fra le medicine e trafugò qualche Aspirina: ne prese quattro tutte insieme. Mi faranno male allo stomaco? Pazienza, tanto ormai...

Cominciò la perlustrazione dal piano terra, non si sa perché dal salotto, dove di solito nessuno conserva beni personali. Il divano di pelle bianca era incellophanato: Consonni scosse la testa sulla qualità delle cuciture a vista. Evidentemente la famiglia utilizzava quella stanza solo nelle grandi occasioni. Comunque quel divano e le poltrone gemelle dovevano esser costati una montagna di soldi, li conservavano con molta cura.

C'erano dei tavolini col piano di vetro e il telaio e le gambe di metallo lucidato e ottone. Sopra questi tavolini erano disposte molte fotografie, con cornice di argentone o di ottone, oppure di peltro, che rappresentavano la famiglia in vari momenti della sua storia.

Si andava dalle foto delle nozze a quelle dei figli neonati, entrambi il giorno del battesimo. Accanto una coppia di vecchiotti ben portanti, i genitori di lei, sicuramente, perché la figlia era praticamente il ritratto della madre, sullo sfondo un lago, forse il Lago Maggiore. C'era anche un'altra coppia sui cinquanta, ma a giudicare dai modelli delle automobili, una Opel Ascona e una Fiat Tipo, la foto risaliva a una trentina di anni prima. Forse erano i genitori di lui, di censo sociale sicuramente inferiore. Che fossero morti? Un'altra immagine ritraeva l'Ottolenghi Carlo, più giovane, in piscina.

Consonni poté osservare per bene l'aspetto di quell'uomo, inquadrato anche nel corso di una partita di golf. Bruno, atletico, con un sorriso a cinquantadue denti e la mascella quadrata. Per forza che le professoresse in odore di adozione di un libro scolastico non potevano resistergli.

E ancora, i bambini, dai primi passi al saggio di danza.

Consonni ebbe un po' i brividi nel passare in rassegna quella serie di fotografie, i personaggi ritratti sembravano già tutti morti.

Le solite fotografie che le famiglie mettono in salotto: l'unica impressione rilevante era che il marito era sicuramente più bello della moglie, un po' insipida, ma, come già sapeva, assai più ricca.

Il salotto era decorato da molti soprammobili orribili, d'argento o di altri materiali, sembrava un negozio di inutili articoli da regalo. Consonni li valutò senza snobismi, non erano nel suo carattere.

Aprì qualche cassetto, qua e là, erano tutti vuoti. Nel mobile bar c'erano soltanto due bottiglie, di quelle di cristallo lavorato con un cartellino di metallo tenuto da una catenella, con scritto Whisky e Brandy. Del primo ingollò una dose doppia, nonostante fossero le otto del mattino.

Ansimando penetrò in cucina, l'ambiente più vasto della casa. Una Scavolini molto moderna, di quelle che rappresentano il sogno della donna italiana. Questo lo sapeva anche Consonni, una volta la Luigina gliel'aveva chiesta. Ma non se ne parlava nemmeno, a lui piacevano i mobili antichi, anche in cucina. E poi quanto poteva costare quel mobilio? Consonni non ebbe il tempo di rifletterci sopra, aprì cassetti, sportelli, vani pieni di pentole, pasta Barilla e marmellate artigianali, che riportavano su etichette improvvisate gli anni di produzione. Alcune risalivano a tre o quattro anni prima. Non sapeva neanche lui che cosa stesse cercando.

Il tempo lo pressava, e se la moglie fosse tornata?

Salì al piano di sopra, prima la camera dei bambini. Era invasa di peluche di tutte le taglie, gufetti, orsacchiotti, anatre e cagnolini. Di solito nei film di criminali i peluche nascondono l'indizio decisivo, un coltello, del denaro, il veleno, nella pancia di un pupazzetto dei bambini. Li soppesò uno a uno, non sembravano contenere niente, e non poteva mettersi a squartarli. Per fortuna quella stanza era un caos, così non dovette prestare attenzione a ripristinare l'ordine.

La camera degli sposi era di noce massiccio e scuro, non era nello stile anni Novanta del salotto e della cucina Scavolini. Consonni freneticamente si mise a perquisirla. Presto perse la fiducia: e secondo te un assassino fedifrago nasconde prove compromettenti in camera da letto? Non trovò niente, niente di niente se non mutande, calzini, maglioni e maglioncini, camicie... già, le camicie, molte non avevano i bottoni, ma le asole per i gemelli. Se soltanto...

Si era talmente invasato alla ricerca di qualcosa, che non aveva nemmeno sentito il rumore provenire dal basso, dalla porta del garage. Si appiattì dentro l'armadio guardaroba.

La signora Ottolenghi era tornata, pareva avere molta fretta, neanche si tolse il cappotto. Fece una telefonata e Consonni dal suo nascondiglio poté carpirne qualche frase...

«... Mamma, ho fatto tardi... adesso non ho tempo... Devo uscire di nuovo, mi ero dimenticata... ma no, stai tranquilla... sì, poi te ne parlo... lo sai come è fatto lui...».

Consonni sudava caldo e freddo, aveva il respiro in affanno. Se non mi viene un infarto adesso... chiuse gli occhi, facendo una preghierina alla Madonna, che la signora uscisse di nuovo e che non andasse nel bagnetto di servizio, scorgendo il vetro rotto. Quando riaprì gli occhi riuscì a vederci qualcosa, in quella semioscurità. Davanti a sé c'era una scatolina senza coperchio, con dentro bigiotteria varia. Su un lato distinse chiaramente, in mezzo a un ovale dorato, il simbolo smaltato dell'AC Milan.

Per quante ne facesse Angela per mettere il Consonni nel dimenticatoio non riusciva a darsi pace. Chissà dov'era in quel momento il bastardo, inebriato da un'illusione d'amore adolescenziale. E così la Ketty non c'entrava niente? O no? Quella sembrava una pronta a tutto.

Decise di tornare nell'appartamento dell'Amedeo. Cercò di obbligarsi a non farlo, ma non ci riuscì, così si ritrovò in quello che per tanto tempo per lei e l'Amedeo aveva rappresentato un nido d'amore. Canaglia, canaglia, ma non pensare che finisca così, non pensare che ti perdonerò, non pensare di mettere più piede nella casa di ringhiera, voglio almeno sperare che tu non ne abbia il coraggio! Rovistò un po' fra le sue carte, fra tutti i foglietti che teneva vicino all'apparecchio telefonico. Proprio lì vide la segreteria. Ebbene sì, sono in pieno diritto di farlo, disse a se stessa per giustificarsi, e premette il tasto rewind, per ascoltare i messaggi ricevuti dal suo ex compagno.

La maggior parte erano suoi, ma uno, uno no. E diceva così: «Consonni, ti ricordi di me? Ti aspetto stasera, vieni in via Carloni al numero 123, alle ore 21, terzo piano, appartamento a destra. Sii puntuale e non lo dire a nessuno, nessuno. Io sono in debito verso di te, vieni, sarò sola. Ho bisogno di te, devi venire assolutamente».

Angela, in base a brevi ragionamenti ricostruttivi, capì che quel messaggio risaliva al giorno prima della scomparsa dell'Amedeo.

Ah, in via Carloni al 123, sarei proprio curiosa di sapere chi ci abita.

Uscì fremente dall'appartamento di Consonni e andò a suonare al De Angelis.

«Via Carloni 123, le dice qualcosa questo indirizzo?».

«Eh, beh, sì... no...».

«È lì che sta quella troia?».

«Eh... ma come ha fatto... insomma... Cioè... sì».

Angela stava di nuovo cambiando opinione. Ma sì, chi se ne frega della casa di ringhiera, io vendo tutto, perché devo sacrificarmi per gli altri, soprattutto per quello stronzo rincoglionito?

Vendere gli appartamenti, sì, Santa Margherita Ligure... Così impara...

Via Carloni 123, eh? Vorrei proprio vederla, quella lì, anzi, vorrei vederli insieme. Gli innamorati. Vorrei proprio guardarlo in faccia quel disgraziato, che cosa avrebbe il coraggio di dirmi, davanti all'evidenza...

Consonni stava cercando di pensare ma era stravolto, gli girava la testa, i ragionamenti si incrociavano senza risultato. D'accordo, adesso io so che quello che mi ha scattato la fotografia era lui, e questo cosa prova? Potrei raccontare che io ho visto quei gemelli sul luogo del delitto, ma questo che significa per la polizia? E che fare, parlare con la signora Ottolenghi? A vederla in fotografia sembrava una persona per bene. E se invece è complice del marito? Di questi tempi chi può mai saperlo? E come trovare la vera prova della colpevolezza del Carlo?

Intravide una scala di legno che portava di sopra, in mansarda. Qui, oltre a qualche macchina per fare ginnastica e sollevare i pesi c'era una scrivania, con sopra la tastiera di un computer e un monitor, il computer però non c'era. Questo Consonni non lo capiva, per lui il computer poteva essere dentro la tastiera o dentro il monitor, tanto non sarebbe riuscito ad accenderlo.

Sul tavolo notò una macchina fotografica, di quelle ultimo modello.

E se...

Consonni la afferrò, come se al suo interno potessero esserci prove decisive. Non era a livello di primitivismo tecnologico tale da pensare che fosse una macchina analogica e che ci fosse il rollino dentro, da portare a sviluppare. Una fotocamera del genere ce l'aveva anche lui, gliela aveva regalata Angela, con quella aveva scattato una marea di foto all'Enrico. Questa qui però era molto più sofisticata.

Soltanto riuscire ad accenderla gli costò complicate operazioni. Ma una volta riuscitoci, come visionare le foto scattate? Premette tutti i tasti che vedeva e non succedeva niente di quello che si aspettava, gli toccò spegnere la camera e riaccenderla. Aveva sentito parlare della tecnologia touch e provò a toccare il piccolo schermo con le sue grosse dita. Ah, al decimo tentativo comparvero delle foto già fatte, e non ciò che inquadrava la macchina in quel momento, cioè i suoi piedi.

Finalmente riuscì a trovare gli ultimi scatti dell'Ottolenghi, o della moglie, come fare a saperlo? Perlopiù erano foto dei bambini. Consonni riconobbe il duomo di Cremona: di foto scattate lì ce n'era qualche centinaio. Alla lunga imparò addirittura a farle scorrere velocemente.

Nel momento preciso in cui Consonni vide il suo proprio volto terrorizzato con un coltello insanguinato in mano, Carlo Ottolenghi era tornato, inaspettatamente, e stava scaricando qualcosa dalla BMW Touring. Quindi Consonni non ebbe tempo per festeggiare e dire a se stesso: «Ho le prove in mano! A questo punto posso anche costituirmi».

Si gettò giù per le scale, con la macchina fotografica in mano. Le scale erano lucidate a cera e lui scivolò, battendo violentemente la testa contro uno scalino. La fotocamera gli scivolò dalle mani e cadde chissà dove.

La forza della disperazione gli intimò di rialzarsi, Ottolenghi non poteva sapere che lui era in casa sua. O lo sapeva benissimo. Prima che il padrone di casa, che se la prendeva con tutta calma, avesse aperto la porta blindata del garage, Consonni si infilò in un antro, che forse era la cantina. Si nascose lì dentro, ma il suo respiro si sarebbe potuto sentire da un chilometro.

Senz'altro si era fratturato qualcosa, la spina dorsale, un ginocchio, o la testa, che gli scoppiava. Sentiva il suo battito cardiaco al parossismo, lo avrebbe potuto sentire anche l'Ottolenghi. Quello che Consonni non si immaginava era che l'assassino sapeva benissimo di essere pedinato da lui, e aveva preso i suoi provvedimenti.

Quando Ottolenghi entrò in casa e cominciò a salire le scale portava con sé qualcosa di pesante.

Mentre saliva, con voce satanica disse: «C'è nessuno in casa? Lo so che c'è qualcuno... E questi rumori? Chi c'è in casa?».

Consonni nella cantina lo sentì, cercò intorno a sé un oggetto per difendersi, un martello, un pezzo di legno, qualcosa. La luce del vano scale adesso illuminava una parte di quella stanza, che non sembrava una cantina, non c'erano bottiglie di vino. Il suo carnefice si avvicinò alla porta borbottando fra sé e sé cose tipo: «Eh, no... questa porta deve restare chiusa», appoggiò il pesante carico per terra e chiuse la porta, anch'essa blindata. Dette due mandate e continuò a salire le scale. A quel punto Consonni non poteva sentire quasi niente. Proprio sul più bello era finito in trappola. Accese la luce e si guardò intorno.

Non era una cantina, assomigliava di più a un rifugio antiatomico. Il locale era abbastanza grande, c'erano due letti a castello, un cucinotto e varie attrezzature. In un angolo intravide addirittura quattro maschere antigas.

Mentre Consonni cercava un'arma impropria, o anche propria, se ci fosse stata – ma c'era da immaginarsi che il killer l'avesse chiuso in una stanza fornita di armi di qualsiasi tipo? –, poté sentire molto bene che stava suonando il campanello. L'Ottolenghi scese di nuovo le scale e aprì la porta del garage. Si svolse una conversazione che il Consonni riuscì ad ascoltare. In effetti era il vicino di casa.

«Mi scusi sciur Ottolenghi se la disturbo, ma c'è una cosa che ci devo dire».

«Dica pure». Non lo faceva entrare, lo teneva sulla porta del garage. Era nervoso, ma cercava di mantenere la calma.

«Eh, sciur Ottolenghi, il fatto è che sono due giorni che vedo uno strano che gira da queste parti, e in particolare intorno a casa sua».

«Intorno a casa mia? E chi è?».

«Non lo so mica, però se ero in lei io li chiamavo i carabinieri. L'ho visto anche stamattina che guardava il cancello e le finestre, poi è sparito. Secunda mi l'è un malnat. Poi tiene sempre il cappello in testa, come se non vuole farsi riconoscere...».

«Non si preoccupi, ho l'allarme, forse è solo un barbone».

«Però io li chiamavo lo stesso i carabinieri, per stare più tranquilli».

«Va bene, grazie dell'avvertimento. Terrò gli occhi aperti».

«Io ce l'ho detto così, per amicizia...».

«La ringrazio molto, mi scusi, ora ho da fare».

«Va bene, buonasera, signor Ottolenghi».

«Buonasera, signor Cacace».

Dopo il colpo della porta che si chiudeva violentemente Consonni poté sentire il padrone di casa che saliva in fretta le scale. Dove andava, in mansarda? Poi avvertì dei passi che le scale questa volta le scendevano. Amedeo era preso dal terrore, sapeva di essersi messo in trappola con le sue stesse mani: è andato a prendere un'arma? Adesso che ne farà di me?

In quella specie di rifugio antiatomico c'era di tutto, ma niente che si potesse usare per difendersi. Cosa sta aspettando per venire a disfarsi di me? Oppure il suo piano è un altro?

Di fatto passavano i minuti e il carnefice non arrivava. Arrivarono invece la moglie e i figli, che si buttarono urlando per le scale, seguiti dalla madre che sbraitava qualcosa anche lei.

Consonni pensò di mettersi ad urlare, chiamare aiuto, forse avrebbe salvato la pelle. Che sarebbe successo? Forse era proprio questo il piano dell'Ottolenghi, avrebbero chiamato la polizia e assicurato alla giustizia il pericoloso criminale e assassino. Non era meglio morire?

Va bene, mi metto a urlare e mi arrestano. Ma io che prove ho? Dove sarà finita la macchina fotografica? Lui l'avrà certamente recuperata. E allora che ne sarà di me?

Alle cinque del pomeriggio una FIAT Brava dei vigili del fuoco fece il suo ingresso nel cortile della casa di ringhiera, posteggiando nel pieno centro diametrale, in zona proibita. Luis De Angelis sbirciò dalla finestra e vide uscire dalla portiera posteriore destra un signore sui sessanta, in borghese, con giacca grigia e cravatta azzurra. Sotto mano aveva un incartamento non molto spesso.

Gli architetti Du Vivier e Ortolani lo accolsero amichevolmente e si misero a scambiarsi dei salamelecchi, era una specie di dimostrazione pubblica che quella gente si conosceva da tempo e che aveva già delle cointeressenze. Per qualche minuto i tre parlarono del più e del meno, poi gli architetti accompagnarono l'ingegnere a fare un giro dello stabile.

Senza parere, tutti gli inquilini presenti guardavano dalle finestre, magari nascosti da tendine operate, con terrore. L'ingegnere si concentrò sulle colonne di ghisa del piano terra, dunque si fece accompagnare nei locali seminterrati, che appartenevano tutti alla signora Xing, la quale, come ormai sapevano anche gli altri inquilini, era disponibile, alle sue condizioni, a cedere le sue proprietà, d'altronde erano locali inutilizzati, o perlomeno sottoutilizzati. Sicuramente nel progetto di ristrutturazione della società A.RE.CO. anche quei locali sarebbero diventati case di abitazione, a carissimo prezzo.

Donatella voleva vederci più chiaro e uscì di casa. Si presentò all'ingegnere, gli disse che era una delle proprietarie e che voleva sapere che cosa stava succedendo. L'ingegnere fu di poche parole, stava solo eseguendo un sopralluogo per capire quali analisi statiche doveva commissionare, soltanto una prima impressione.

«Ma questa prima impressione qual è?».

«Signora, non ne posso ovviamente parlare, sono questioni assai delicate. Ma sappia che se qui crolla tutto io vado a finire in galera. Purtroppo queste case non sono state progettate per durare, case operaie fatte al risparmio, lo sapete meglio di me. Qui sono necessari dei rilevamenti precisi, lei ha figli?».

«Sì, ne ho due, due bambini».

«Ah» si limitò a commentare l'ingegnere, che continuò la perlustrazione preliminare, appuntando qualche nota sulla sua agendina. Volle entrare anche in qualche appartamento, per verificare la situazione dei pavimenti. Disconnessioni, crepe, dislivelli. Si mantenne giustamente impassibile, ma proprio in casa Giorgi si fermò a osservare le condizioni dei pavimenti.

«Voi qui avete eseguito dei lavori di ristrutturazione? Avete rifatto il massetto? Vedo che sono state inserite delle catene di rinforzo. C'è un documento del Comune sulla situazione statica?».

Donatella si sentiva le gambe mancare. Si ricordava vagamente di certi lavori di rafforzamento, una gabbia metallica, tiranti, però lei non ne sapeva niente, aveva seguito tutto suo marito, con un certo geometra.

Alla fine l'ingegnere salì negli appartamenti da ristrutturare degli architetti, e passò lì dentro una mezzoretta. La signorina Mattei-Ferri cronometrò i tempi: che cosa si stavano dicendo?

L'ingegnere uscì che si stava quasi facendo buio. Salutò amichevolmente gli architetti, che ostentatamente lo accompagnarono fino alla FIAT Brava; l'autista, in divisa da vigile del fuoco, si mise al volante.

A questo punto arrivò Angela, che chiese all'ingegnere se poteva parlargli in privato.

L'ingegnere non era molto propenso a farlo, ma gli architetti Du Vivier e Ortolani gli strinsero l'occhio, forse eravamo arrivati al dunque, la Mattioli voleva sapere qualcosa di più, e se lo voleva sapere forse era perché la misteriosa società M.A.N.G. che rappresentava era pronta a vendere.

In quelle ore che Consonni stava passando nel rifugio antiatomico ebbe modo di riepilogare tutti i fatti della sua vita, di rivalutare i suoi successi, pochi, i suoi sbagli, molti, le occasioni sfruttate, pochissime, e quelle perse, pochissime anche quelle.

Non sono poche neanche le persone che dentro casa propria si fanno costruire un rifugio antiatomico, soprattutto in Lombardia. Hanno paura che succeda qualcosa e non vogliono farsi trovare impreparate... E dunque fanno assemblare ambienti a tenuta stagna, sotterranei o semi-interrati, attrezzati per una sopravvivenza di mesi. Sono pieni di provviste, godono di una riserva di acqua indipendente, sono forniti di un generatore elettrico autonomo a gasolio, di bombole di gas per la cucina, e di tutto ciò che è necessario in caso di attacco atomico o di apocalisse ecologica.

Nel rifugio c'era di tutto, da bere, da mangiare, anche molte medicine. Consonni si imbottì di antidolorifici e anche di whisky, ce n'era una bella scorta. Lì di fame non sarebbe morto, però aveva la sensazione che non sarebbe stata quella la causa del suo decesso. C'era anche un bagno ben attrezzato, acqua corrente, un enorme frigorifero e un congelatore. Nella dispensa c'era una grande quantità di scatolame. Mangiò del tonno con gallette di mais.

In un cassetto trovò una pistola automatica. Una pistola qui? Ma allora... la osservò meglio, era solo una scacciacani.

Sapeva di avere le ore contate, pertanto scrisse rapidamente delle memorie, in stile Aldo Moro, delle lettere. Ne scrisse una ad Angela e una a Caterina, con un particolare riferimento all'Enrico. Assicurò a entrambe le destinatarie che la sua vita era stata fortunata e buona, e che lo ricordassero per quella parte, preponderante, di essa, in cui le cose erano andate tutto sommato per il verso giusto. Certo la perdita della Luigina, sua moglie, era stato un dolore forte, ma sono cose che fanno parte della vita. Questo lo scrisse a Caterina, non ad Angela, alla quale invece ricordò gli splendidi momenti passati insieme, pur in una fase dell'esistenza in cui i momenti splendidi diventano un po' più rarefatti. Sulle sue ultime volontà aveva già dato mandato al notaio, bastava riferirsi a lui, d'altronde non c'erano questioni in sospeso, tutto sarebbe andato a Caterina, tranne il trumeau Settecento che voleva fosse di Angela. Aggiunse qualche riflessione sulla potenziale cattiveria del genere umano e sulla paura della morte. Subito dopo cancellò queste note pessimistiche: desiderava che lo ricordassero come una persona tranquilla e accomodante, forse un po' curiosa e forse un po' ingenua. Non voleva, in punto di morte, risultare lamentoso e rivendicativo.

Si infilò le lettere dentro le mutande, sperando che l'assassino non se ne sarebbe curato troppo, così, quando avrebbero rinvenuto il suo cadavere, avrebbero trovato anche quelle.

Dalla casa arrivava qualche rumore soffuso, evidentemente la famiglia era al completo, moglie e bambini erano tutti insieme, e l'Ottolenghi aspettava il momento propizio per occuparsi di lui. Certamente non poteva farlo davanti alla famigliola. E allora come cercare di sfruttare questa circostanza?

Se la famiglia lo avesse scoperto lì dentro avrebbero chiamato la polizia e per lui si prefigurava l'ergastolo. Le impronte sul coltello erano le sue o no? E per giunta non aveva con sé la macchina fotografica. L'Ottolenghi l'avrà sicuramente trovata e nascosta, o gettata nel fiume. Oppure bastava che rimuovesse la foto? Eccolo il piano, eccolo: finalmente Consonni cominciava a capirci qualcosa. L'assassino sapeva che una volta chiarito che Amelia era morta i sospetti si sarebbero concentrati su di lui, e allora ha trovato me, un pazzo, un disturbato, per scagionarsi. Può sempre sostenere che sono io il criminale, che per qualche motivo ha un conto in sospeso con me. Forse perché mi ero innamorato di Amelia? L'avrei uccisa per gelosia? E adesso che cosa sarei venuto a fare in casa Ottolenghi, se non per vendicarmi, per uccidere anche lui? Ah, l'ha pensata bene quell'uomo, per me non c'è alcuna via d'uscita, a meno che...

Consonni accompagnava ognuna di queste riflessioni angosciose con un sorso di whisky Cluny vecchio di cinque anni. Si stava annebbiando, anche perché aveva ingerito, oltre alle quattro Aspirine precedenti, tre ibuprofene da 400, due Tachidol da 500 e anche un Voltaren da 50 mg.

Prima o poi mi troveranno qui dentro, forse lui non aspetta altro che io mi metta a fare casino. E se non lo faccio? Mi troveranno qua dentro morto, chissà fra quanto, vista la quantità di provviste. Che cosa ha in mente?

Profondamente alterato, Consonni vagava nell'indistinto: forse il suo obiettivo è quello di arrivare a una colluttazione, a eliminarmi visto che io sono penetrato in casa sua. Ne ha tutti i diritti, no? Deve salvare la famiglia. Ed ecco la notizia sul giornale: «Cittadino di Trezzano riesce a difendersi dall'attacco di un pazzo criminale e lo consegna alla polizia», oppure: «Cittadino di Trezzano riesce a difendersi dall'attacco di un pazzo criminale e in una lotta mortale ha la meglio».

Consonni si era sdraiato sul letto, ubriaco e saturo di farmaci e di dolore, in ogni parte del corpo. L'unica domanda a cui non era in grado di rispondere gli rimase in testa, prima di addormentarsi: ma perché ce l'ha con me, perché ha scelto proprio me? Vecchi rancori? Non sarà mica l'assassino dei tre ragazzi in val Malenco? E se fosse venuto a sapere che io so che non sono morti di morte naturale?

Come un soldato della prima guerra mondiale in trincea, era pieno di alcol e questa era l'unica protezione nei confronti della morte. Nonostante questo, anzi, proprio per questo, si addormentò profondamente sul materasso inferiore del letto a castello.

Anche Enrico si addormentò, finalmente, dopo un giorno di diarrea. Caterina era preoccupata, il bambino aveva iniziato a manifestare questi sintomi fin dalla mattina prestissimo, ed erano durati tutto il giorno. Non era andato alla materna, non ce la faceva proprio, una gastroenterite?

Angela ricevette l'ingegnere con grande cordialità e lo invitò ad accomodarsi nel suo «studio».

«Abbia pazienza per il disordine, ma sa, io "scrivo"» lanciò Angela.

«Bene, e cosa scrive?».

«Ah, di tutto di niente, non è di questo che volevo parlarle».

«Me lo immagino, ho solo cinque minuti...».

«Bastano e avanzano... veda, so che lei è in procinto di stendere una relazione assai negativa su questo condominio, e io volevo parlarle di questi». Angela estrasse da un cassetto una pila di banconote da cinquecento e duecento euro, non faceva tutto questo effetto ma erano centomila.

Li mise sul tavolo, come a dire, questi sono veri e te li sto consegnando, ho già fatto fare una perizia, o una controperizia, a una ditta di mia fiducia, la quale dice che di problemi strutturali non ce ne sono.

«Quindi la faccenda andrebbe per le lunghe, sono autorizzata a invitarla con questi – soppesò i 100.000 senza darglieli – a rivedere i suoi criteri nel redigere la relazione richiesta dagli architetti Du Vivier e Ortolani».

L'ingegnere era perplesso, tutto si aspettava meno che questo. Gli architetti gli avevano promesso, soltanto promesso, 50.000 euro, dei quali gliene avevano anticipati 10.000. Ma 100.000 euro sono il doppio di cinquanta, per giunta sull'unghia. Eh, no, questa controproposta lo prese proprio di sorpresa. Lui, come capiterebbe a chiunque, di fronte a una bella cifra in contanti, in pezzi da 500 e da 200, non seppe resistere, non ci pensò più di tanto. I 10.000 li posso anche restituire, spiegherò agli architetti che non potevo forzare la relazione oltre certi limiti. E c'è una bella differenza fra prendere cinquantamila per una relazione un po' forzata – sì, le crepe nel seminterrato c'erano ma bisognava sostenere che c'era stato uno smottamento del suolo, che le fondamenta erano marce – e prenderne centomila per non fare niente, assolutamente niente. Che problemi poteva avere? Si sarebbe fatto un carotaggio, ma se lo si facesse a tutte le case di Milano...

E dunque, dopo qualche minuto di silenzio, l'ingegnere prese la mazzetta di banconote sul tavolo della professoressa Mattioli. Evidentemente la società che rappresentava non voleva avere grane, affrontare l'iter legale, che le sarebbe costato una cifra analoga. Ma lui che interesse avrebbe potuto avere a infognarsi in un simile iter legale?

D'altronde non era tenuto a redigere una relazione in cui si prendeva la responsabilità di affermare che la casa era pericolante. Semplicemente non l'avrebbe fatta, perché non c'era stata una richiesta ufficiale da parte dei vigili urbani, sulla base di una denuncia.

«Allora ingegnere, siamo d'accordo, questa casa non è pericolante».

«A quanto mi risulta no, nel modo più assoluto. Le crepe nel seminterrato si devono alla scarsa qualità degli intonaci, comunque io non ne so niente».

Angela strinse la mano all'ingegnere, che pareva avere una certa fretta. Voleva togliersi di lì. Uscì.

A cose fatte Angela guardò nell'angolo in alto a destra del suo «studio».

«Miglietta, tutto bene?».

«Tutto benissimo, professoressa Mattioli. Appena esce dalla casa di ringhiera lo arrestiamo».

«E i centomila?».

«A suo tempo le saranno restituiti. È un bel po' che stiamo dietro a questo qui, ma non eravamo mai riusciti a beccarlo in flagrante».

«Speriamo in bene, centomila euro sono veri, sa?».

In effetti l'ingegnere fu fermato sulla soglia del portone grande della casa di ringhiera. Non aveva fatto in tempo a dividere la mazzetta, ce l'aveva ancora nella tasca della giacca, banconote numerate e registrate.

Giorno sette

Quando Consonni si svegliò non aveva idea di che ore potessero essere, ma a ricordarglielo c'era l'orologio digitale di grosse dimensioni, estremamente necessario in un rifugio antiatomico, per non perdere il senso del tempo.

Gli facevano male la testa e le altre parti del corpo contuse, che erano quasi tutte. Erano le sei del mattino, l'orologio digitale forniva anche altri dati: era venerdì e fuori la pressione era in calo, c'era un'umidità del 95%. Consonni si fece un caffè.

Forse era l'ultimo, e quindi cercò di goderselo. Dopo di che assunse qualche altra pasticca di antidolorifico. Trovò addirittura una pomata all'arnica, con la quale si trattò il ginocchio e il gomito.

Era rassegnato. Mi sono cacciato da solo in questa trappola e me lo merito. Sia quello che sia. Quell'uomo non esiterà a farmi fuori. Basta che sia una cosa breve. Forse ha voluto che io lo trovassi, forse aveva previsto tutto, e adesso ha in mente per me una fine atroce.

Qualcosa gli dava fastidio dentro le mutande. Erano le sue lettere memoriali.

Verso le sette la situazione cominciò a muoversi nella villetta, sentiva le vibrazioni, gente che saliva o scendeva le scale, i bambini che facevano strisciare le biglie sul pavimento, rumore che si può avvertire anche nell'isolamento di un rifugio antiatomico.

Dopo le otto si tornò alla calma, i bambini e qualcun altro erano usciti. Andavano a scuola? Era uscito anche Ottolenghi? Proprio tutti non erano usciti perché Consonni sentì armeggiare alla serratura della porta.

Vada come vada, pensò, ma non mi farò giustiziare come un maiale al macello. Prese la scacciacani e la soppesò. Anche se con questa non sparo a nessuno posso sempre tirargliela in testa. Dunque si nascose nel bagnetto.

Appena la porta si aprì lui si catapultò fuori con tutta la forza che aveva urtando violentemente l'Ottolenghi e buttandolo a terra. Quello non si aspettava una reazione del genere, ammesso che si aspettasse qualcosa. Parve del tutto sorpreso. Consonni ebbe addirittura le risorse per acchiappare la macchina fotografica dell'Ottolenghi che qualcuno aveva appoggiato su una scansia prospiciente le scale. Si fiondò fuori dal portone blindato che dava sul garage, risalì lo scivolo e saltò come un daino il cancelletto pedonale.

Ottolenghi gli era alle spalle, era armato?

«Fermatelo, fermatelo» diceva, ma a chi?

Consonni una volta fuori si vide perduto, correva a zig zag come per evitare i colpi di arma da fuoco che a gragnuola si sarebbero concentrati sul suo corpo. Eppure aveva trovato le sue ultime forze.

Invasato, bloccò un anziano signore che procedeva a bassa velocità su una biciclettina, una Graziella. Gli puntò addosso la scacciacani e gli intimò di scendere, ci montò sopra lui. Cominciò a pedalare come un forsennato. Ottolenghi, fra trovare le chiavi della BMW e salire a bordo, lo perse di vista. Ma dove poteva andare a parare?

Lo sappiamo noi e lo sapeva il killer. L'unico punto di riferimento di Consonni a Trezzano era il Michael e la sua Ford Fiesta. Consonni arrivò davanti al Bed & Breakfast sull'orlo dell'arresto cardiaco.

Entrò nell'alberghetto come se avesse una pistola in mano, e in effetti ce l'aveva. La signora Attilia era spaventata e stupefatta. Quell'uomo, che aveva riparato così bene il cuscino medievale, che sembrava una brava persona ma che il giorno prima era venuto a cercarlo la polizia, perché usava documenti falsi, adesso si presentava con una pistola. Allora era veramente un criminale! «Prenda me, ma lasci vivo mio figlio!».

Consonni l'afferrò per un braccio: «Dov'è, mi dica dov'è!».

La signora non avrebbe voluto tradirsi, avrebbe dato la vita, ma sfortunatamente per lei, e per lui, il ragazzo si fece sentire dalla stanza accanto: «Mamma, vuoi me?».

Consonni estrasse un pezzo da cento e intimò al ragazzo: «Mi devi portare a Milano, subito!». Che dovesse minacciare anche lui con la pistola? No, voleva fare l'investigatore privato. «Mi porti a Milano e da me non avrete più guai».

Il ragazzo disse: «Va bene».

Sulla provinciale c'era parecchio traffico. Consonni si fece lasciare in via Carloni al 123.

A destinazione il ragazzo chiese: «La devo aspettare?».

«No, vattene via, e ricordati, tu di questa storia non sai niente. È meglio per te».

Ottolenghi non perse la calma. Prima di mettersi al volante della BMW ragionò e lasciò passare un po' di tempo. Quell'uomo lo aveva sorpreso, e altrettanto sua moglie, secondo il suo modo di vedere. Occorreva riflettere e procedere razionalmente.

Dopo aver ben ragionato telefonò alla madre del Michael, chiedendo se aveva rivisto il suo cliente di Milano: lei gli disse che quel pazzo criminale si era fatto portare in città, in via Carloni, il figlio le aveva appena telefonato. Era preoccupatissima: quello là era un matto pericoloso, avrebbe voluto chiamare la polizia, ma aveva paura che il criminale lo prendesse in ostaggio, aveva una pistola...

«Non chiami nessuno, signora, ci penso io, quello è solo un vecchio fuori di testa, e non si preoccupi, la pistola è una scacciacani».

«Oh, Santa Madonnina Benedetta...».

Nonostante cercasse di mantenere la calma, l'indirizzo di via Carloni produsse una sorta di scarica elettrica nell'Ottolenghi, che a quel punto partì con la BMW, dopo aver indossato dei guanti di pecari.

E meno male che Consonni aveva intimato al Michael di non dirlo assolutamente a nessuno.

L'arresto dell'ingegnere Tremonti aveva creato un bello scalpore nella casa di ringhiera, a cominciare dagli architetti Du Vivier e Ortolani, che erano stati portati via anche loro.

Gli inquilini non ci avevano capito granché. Ciò che avevano visto era che l'ingegnere, uscito dall'appartamento della Mattioli, era stato fatto salire, con modi spicci, su un furgone della ditta Riello, quello della manutenzione delle caldaie. Quei signori avevano portato via anche l'Angela. L'autista della Brava dei VV.FF. se ne era andato via da solo.

Quella mattina il De Angelis, che era già sveglio dalle sei, era uscito presto per comprare i giornali, che riportavano la notizia in un articolo della cronaca di Milano. Non si faceva il nome della signora Mattioli e neanche si citava l'indirizzo della casa di ringhiera, nemmeno si citavano i due architetti coniugi. Adesso si sapeva che l'ingegnere era stato arrestato, incriminato per corruzione. De Angelis alle otto era andato a parlare con la Mattei-Ferri, che ne sapeva quanto lui, se non che aveva visto rientrare la Mattioli poco prima delle cinque del mattino, accompagnata da un'auto della PS.

In effetti Angela aveva passato quasi tutta la notte in questura, per la deposizione. I centomila euro non glieli avevano restituiti, erano sotto sequestro.

Quando De Angelis e Donatella Giorgi andarono a suonare al suo campanello ci mise un po' ad aprire, erano le nove, stava dormendo.

«E allora, signora Angela, ci può spiegare che cosa è successo? Stiamo sui carboni ardenti».

«Ahh» sbadigliò. «State tranquilli, non ce n'è bisogno, è tutto sistemato».

«E gli architetti?».

«Credo che per un po' smetteranno di romperle».
«Ma ci può spiegare?».
«No, non posso dire niente, per ora. Segreto istruttorio».
«E l'ingegnere?».
«Ve l'ho detto, non posso dire niente, poi finiamo nei guai... a proposito, Luis, potrei parlarle un attimo da sola? Non si offenda, Donatella, è una questione privata fra noi, non c'entra niente col condominio».
De Angelis entrò in casa, un po' spaventato, temeva di sapere di che cosa l'Angela volesse parlargli.
«Luis, si ricorda l'indirizzo via Carloni 123?».
«Sì, professoressa».
«Ecco, allora stamattina lei mi ci porta. Voglio vederci chiaro».
«D'accordo, signora Angela».

Consonni raggiunse l'appartamento di Amelia. Suonò all'impazzata e solo dopo qualche minuto un ragazzetto magro magro, con gli spilli sulle guance, gli aprì.
«Ma chi cazzo è?».
Quell'uomo a cui aveva aperto gli si avventò alla gola e, minacciandolo con una pistola, gli disse: «Se ci tieni alla pelle togliti immediatamente di qui. Ci sono altre persone in casa?».
«Beh, sì, c'è la mia ragazza, ma io le assicuro, se è per quel fumo io non c'entro niente...».
«Ecco, non c'entri niente, mettiti il cappotto, prendi la tua ragazza e sparisci, almeno per qualche ora. Non ti conviene rimanere qui».

Il ragazzo si spaventò alla vista di quel signore tumefatto, sanguinava dal naso e aveva una faccia stravolta. Zoppicava, come uno a cui hanno appena sparato. Non che quel ragazzo avesse mai visto dal vivo qualcuno a cui hanno appena sparato, però aveva seguito numerose serie televisive.

Riuscì a convincere la ragazza che era meglio sloggiare, questa ci mise un po' a realizzare, poi, maledicendo il suo partner, si rivestì in fretta e se ne andarono. Così Consonni si trovò solo nell'appartamento dove erano cominciati tutti i suoi guai. Rintracciò il telefono e si mise al lavoro. Il tempo era a suo sfavore, ma forse...

«Pubblica Sicurezza».

«Buon giorno, mi chiamo Amedeo Consonni».

«Dica pure».

«Beh, non so se il nome le dice niente, sono Amedeo Consonni».

«Ho capito, qual è il problema».

«So di essere ricercato, non avete le foto segnaletiche?».

«Aspetti che ci guardo, mi faccia fare una ricerca».

«Sì, Consonni Amedeo».

Passarono alcuni secondi.

«Ah, ecco qua, c'è una denuncia a questo nome, lei risulta una persona scomparsa, c'è una denuncia da parte di una certa Consonni Caterina, di che si tratta?».

«Ma come di che si tratta, si tratta di un omicidio, non le risulta?».

«Aspetti che controllo, omicidio, dice lei? Mi faccia vedere».

Evidentemente l'operatore stava controllando al computer.

«No, a me qui non risulta niente del genere, di quale omicidio si parla?».

«Ma come, quello di Amelia Morpurgo, no?».

«Mmhh, Amelia Morpurgo ha detto? Milano-Otranto-Roma-Palermo-Udine-Roma-Gorizia-Otranto? Vediamo un po'».

Consonni sentiva il rumore dei tasti del computer.

«No, il computer non mi dice niente, ma è sicuro?».

«Ma lei potrebbe farmi parlare con qualcuno che si occupa del caso?».

«Ma di quale caso?».

«Di quello del cadavere ritrovato a Zelata di Bereguardo, qualche giorno fa».

«Aspetti che ci guardo... è il commissario Ghizzoni, oh, accidenti, non avrei dovuto dirglielo».

«Mi faccia parlare con questo commissario, presto».

«Mmhh, no, in questo momento il commissario Ghizzoni non c'è, però le posso passare il suo ufficio».

«Guardi che le rivelazioni che ho da fare sono importanti, io so chi è l'omicida».

«L'omicida? Ma di chi?».

«Della signorina Amelia Morpurgo, e di chi altro?».

«Guardi, a me non risulta, però le posso passare l'ufficio del dottor Ghizzoni».

«Va bene, me lo passi».

Dopo qualche minuto rispose una voce assonnata.

«Pubblica Sicurezza, dica».

«Vorrei comunicare una cosa della massima importanza al commissario Ghizzoni».

«Chi è che parla? A quale proposito?».

«Sono io, sono Amedeo Consonni».

«E allora?».

«Sto parlando di un omicidio, del quale si occupa il commissario Ghizzoni».

«Un omicidio?».

«Sì, quello della ragazza trovata a Zelata di Bereguardo, le risulta?».

«Ah, e qual è la sua posizione a riguardo?».

«Ma come qual è la mia posizione? Io so tutto, mi costituisco».

«Allora viene in commissariato? O la veniamo a prelevare?».

L'operatore non sapeva se prendere su serio quel tipo. Di mitomani ce ne sono a centinaia, anche sul caso della vittima di Zelata in tanti avevano assicurato di essere in possesso di verità essenziali, ma tutto si era risolto in una bolla di sapone. Comunque il suo collega aveva rintracciato l'indirizzo a cui corrispondeva il numero da cui chiamava il mitomane. Via Carloni 123.

«Venite in via Carloni 123, terzo piano, ho con me le prove, ma fate presto! E ricordatevi, parlerò soltanto con il commissario Ghizzoni!».

«Riferisco».

A Consonni, nell'attesa frenetica, venne in mente di chiamare la Benatti Sara, lei poteva essere una testimone inoppugnabile della relazione fra l'Ottolenghi e l'Amelia. Telefonò a Pasturago, all'alimentari SAC.

«Vorrei parlare con la signorina Sara».
«La Sara non c'è, chi parla?».
«Sono l'assistente sociale di Amelia Morpurgo. Dica alla Sara di venire urgentemente in via Carloni 123, a casa dell'Amelia, è una questione della massima importanza».
«L'Amelia? Che cosa ha combinato adesso?».
«È importante...».

Quella mattinata gli architetti Du Vivier e Ortolani la passarono al telefono. Probabilmente si era già diffusa la voce e i due coniugi dovettero fronteggiare l'aggressività dei loro referenti bancari. Era come una scatola cinese, la loro referenza bancaria. La Banca X chiedeva notizie, gentilmente, del rosso sul fido, oramai arrivato a 27.000 euro, bisognava rientrare, perché la garanzia basata sul fido della Banca Y non teneva più, anche quello era ormai alle strette. A sua volta la Banca W reclamava le rate per l'acquisto del SUV, e non si accontentava di uno storno della Banca Z, storno ineseguibile perché a sua volta il fido lì acceso era esposto per quasi 50.000 euro. Du Vivier garantiva che nel mondo degli studi di architettura ci si misura in base all'esposizione bancaria, in poche parole maggiore è il tuo debito e più conti. Se si fosse considerato questo criterio lo studio Du Vivier-Ortolani si sarebbe collocato ai primi posti, ma bisogna investire nel futuro. Per esempio per pagare i due appartamenti della casa di ringhiera avevano acceso un mutuo assai impegnativo, e nei pagamenti erano già in ritardo di svariate mensilità. «Quella casa vale un milione di euro!» aveva replicato l'architetto.

«A parte che non vale più di 600.000 euro, ma non è neanche di sua proprietà».

«Ma è colpa mia se c'è la crisi?»

A una certa ora Du Vivier chiamò sua madre, anche lei per tutta la vita aveva sempre fatto finta di avere molti più soldi di quelli di cui realmente disponeva.

«Mamma, buongiorno».

«Non ti do neanche mille euro».

«Ma cosa vai a pensare...».

Consonni se ne stava nascosto nella stanza di Amelia. Non c'era molta luce e lui, per prudenza, non l'accese. Sperava solo che il fattore tempo per una volta gli venisse in aiuto, non gli fosse nemico come era stato sempre, negli ultimi giorni. Per essere la stanza di una studentessa c'erano pochi libri in giro. Rimise a posto la fotografia che aveva preso il De Angelis, a che gli serviva a questo punto? Era meglio tenere fuori il Luis dalla faccenda.

Sentì un rumore provenire dalla porta di ingresso, qualcuno aprì con le chiavi: oddio, un altro inquilino, un altro ragazzo da allontanare al più presto? Consonni, da dietro la porta di Amelia, sbirciava nella semioscurità. Improvvisamente la luce del corridoio fu accesa, e vide che non era uno studente, era un uomo che portava un impermeabile scuro, che gli proiettò una violentissima luce negli occhi, con una pila al quarzo.

«Commissario, è lei?».

«Non sono il commissario, non mi riconosce?».

E come riconoscerlo, con quel fascio di luce negli occhi?

«Stia fermo dov'è, le sto puntando una pistola addosso».

«Una pistola?».

«Mani in alto, se fa una mossa le sparo in fronte» disse Consonni con un filo di voce, brandendo la scacciacani che aveva trafugato nel rifugio antiatomico.

«Quella pistola se la può anche mettere in culo, è la mia scacciacani, pensa di farmi paura?».

Consonni si vide definitivamente perduto. Il tempo, ancora una volta, aveva giocato a suo sfavore. Poteva avere una minima proroga, qualche minuto in più? Lanciò la pistola e prese l'Ottolenghi in testa, facendogli perdere l'equilibrio che quasi cadde a terra. A questo punto l'assassino perse la pazienza e si gettò sul Consonni, picchiandolo in testa con la pila. Lo prese per il collo, stringendo forte. Non c'era gara fra i due, venticinque anni di differenza e ore e ore di palestra. Ottolenghi gettò a terra l'Amedeo e si accanì contro di lui, che incassò colpi al costato, in volto, alla nuca, sulla pancia, sentiva che ormai era finita. Mentre l'altro cercava di strozzarlo e stringeva con tutta la forza, Consonni trovò il fiato di dire, a spezzoni: «So tutto... augh... e l'ho già raccontato a qualcuno... achhh... e messo per iscritto... ahhhh... e ho le prove... anche se mi ammazzi... per te è finita...».

Era giunta l'ora della fine, Consonni sentì la testa che gli girava, non gli arrivava più ossigeno, le gambe gli cedevano e...

«Fermatevi, in nome della legge. Polizia!».

Consonni scivolò a terra come un vertebrato senza scheletro.

Due agenti bloccarono l'Ottolenghi e la sua furia bestiale, e lo allontanarono dalla sua vittima, la quale cercava di riprendere fiato.

«Prendetelo... è lui... è lui che...».

Gli agenti si frapposero fra i due.

«Generalità!» dissero.

«Ottolenghi Carlo».

Consonni ci mise un po' di più a riprendersi, ma riuscì ad esalare: «Consonni Amedeo».

Quando l'Ottolenghi udì quel nome fece una faccia strana, per un decimo di secondo, quindi cercò di ostentare tranquillità.

«Questo signore mi ha assalito per ben due volte, io stavo solo difendendomi! Mi ha anche minacciato con la pistola, una pistola scacciacani che ha trafugato in casa mia, e me l'ha tirata in testa. Guardate qui. Perché questo signore è penetrato in casa mia, probabilmente è un ladro o un ricattatore. Sono due giorni che mi pedina, io me ne sono accorto, pensa che io sia scemo? Evidentemente voleva seguire le mie mosse. Arrestatelo!».

«Non è vero! Non è vero! Quest'uomo è un assassino! E adesso voleva uccidere anche me, perché ho scoperto la sua identità. Mi ha chiuso in un ambiente a tenuta stagna in casa sua, sicuramente voleva farla finita anche con me, per poi incolparmi dell'omicidio!».

«Ma è vero che lei ha chiuso questa persona in un ambiente a tenuta stagna?».

«Sì, cioè no, è lui che ci si è chiuso dentro da solo».

«Ah, mi ci sarei chiuso da solo, eh? E a chiave per giunta!».

«Ma lo sentite? Questo è pazzo maniaco criminale! È lui che si è introdotto in casa mia, minacciando i miei figli e mia moglie».

«Commissario, mi ascolti, chi è che vi ha chiamato, io o lui? Fermatelo, è lui l'assassino della ragazza trovata a Zelata di Bereguardo, so chi è la ragazza, si chiama Amelia Morpurgo: conosco il movente e ho le prove, quelle con cui si voleva incastrare me».

Il commissario a sentir parlare del cadavere di Zelata di Bereguardo drizzò le orecchie, anche se quei due gli sembravano matti.

«Io accuso il signor Ottolenghi Carlo, qui presente, dell'omicidio della signorina Morpurgo Amelia, 23 anni, studentessa, nella cui camera ci troviamo in questo momento. Il cadavere della Morpurgo è stato ritrovato in una lanca nei pressi della località Zelata di Bereguardo, ma ufficialmente l'identità di quel cadavere non è conosciuta, o per lo meno non è stata rivelata. Carlo Ottolenghi ha ucciso Amelia perché ossessionato dall'ipotesi che quella rivelasse a sua moglie che fra lui e lei, la ragazza, c'era una relazione sentimentale e carnale da parecchio tempo... L'assassino ha fatto di più: mi ha attirato tramite persona di mia conoscenza (l'ha ricattata? l'ha pagata? l'ha eliminata?) in questo appartamento e dopo aver compiuto l'omicidio ha scattato le foto, con la sua macchina digitale, dove mi si ritrae col coltello in mano. Qual era il suo obiettivo? Incolpare me dell'omicidio. Ma perché proprio me? Beh, questo proprio non lo so, occorrerà chiederlo a lui».

Consonni estrasse da una tasca la macchina fotografica dell'Ottolenghi.

«Vedete?» esclamò il proprietario. «Mi ha rubato anche la macchina fotografica, in casa mia! E ha anche il coraggio di tirarla fuori. Questo è un pazzo e un ladro, e anche un violento. Se non fosse che sono un esperto di arti marziali...».

«Guardate le foto che ha scattato l'Ottolenghi, guardatele, scorrete all'indietro, vedrete che in mezzo a quelle dei suoi figli sull'altalena ce n'è una completamente diversa, adesso vi mostro... controllate la data e l'ora, è la sera precedente al ritrovamento del cadavere, i dati coincidono...».

Il commissario, aiutato dall'agente scelto Marchionne, si mise a lavorare sulla macchina. Dopo qualche minuto trovò la foto in questione. La fece vedere agli altri.

«E questa cos'è, signor Ottolenghi?». Gli agenti si avvicinarono a lui, prima di mostrargli la foto lo perquisirono.

«Questa? Oh, questa? Questa è... non so come dirvelo, è solo uno scherzo. Uno scherzo organizzato da Amelia».

«Allora questa Amelia la conosce?».

«Beh, sì, la conosco, mi è capitato di vederla, qualche volta, in palestra...».

«E lei in questa casa c'era già stato?».

«Beh, mi pare di sì, certamente, almeno la volta che ho scattato la fotografia».

«Faccio notare che il signore possiede le chiavi di questo appartamento» disse Consonni spossato ma con un filo di soddisfazione.

«Faccia silenzio lei! Insomma, lei e la signorina Amelia Morpurgo vi frequentavate?».

«Sì».

«Eravate amanti?».

«Eh, che parola grossa, ogni tanto ci vedevamo».

«E quant'è che non la vede?».

«Mah, sarà circa una settimana, non so dove sia andata, era stata misteriosa, forse è andata all'estero, non so con chi».

«Ma guarda che caso... proprio da una settimana...».

«Vuole stare zitto?».

In quel momento suonò il campanello. L'agente Marchionne andò ad aprire, erano l'Angela e il Luis.

Angela non si aspettava di trovare un agente di polizia, allora la situazione era più seria di quello che pensava. Che aveva combinato l'Amedeo con quella ragazza?

«Mi chiamo Angela Mattioli e vorrei parlare con la signorina Amelia Morpurgo, per favore».

«La signorina Morpurgo non c'è».

«Ma c'è il signor Amedeo Consonni?».

L'agente, non sapendo come contenersi, li fece entrare. Quando Angela vide Amedeo nelle condizioni in cui era, i capelli tinti, il naso deforme e sanguinolento, sporco, infangato, stropicciato, e soprattutto con quegli orribili occhiali «a goccia», ebbe una crisi. «Amedeo, che ti hanno fatto, che ti è successo?».

Cadde su una sedia e chiuse gli occhi.

«Angela, ma che ci fai tu qui? Sei stato tu Luis, a parlarle di questa storia?».

«Non sono stato io, ha scoperto tutto da sola, ha sentito il messaggio alla segreteria».

A Consonni venne in mente che il Luis poteva testimoniare a suo favore. Sovreccitato, indicò il Luis De Angelis assicurando che quello era un testimone chiave, che sapeva... già, che sapeva?

«E voi chi siete?» chiese con educazione il commissario, vicino a non poterne più, ai due nuovi venuti. Rispose il De Angelis, perché Angela era troppo scioccata: «De Angelis Luigi e Mattioli Angela, coinquilini del presente signor Consonni, persona onestissima e rispettabilissima».

«Ah... adesso fate tutti silenzio».

Riprese dall'Ottolenghi.

«Signor Ottolenghi, mi vuole spiegare questo scherzo in che cosa consiste? A vederlo così mi pare uno scherzo abbastanza pesante, di quelli che finiscono male». L'agente Marchionne teneva sotto tiro sia l'Ottolenghi che il Consonni.

Angela, che non aveva capito niente, avrebbe voluto frapporre il suo corpo fra quello di Amedeo e le armi puntate. Parlò l'Ottolenghi.

«Ha organizzato tutto l'Amelia, c'era una persona a cui voleva fare uno scherzo, un suo professore dell'università. Uno che le aveva messo le mani addosso, o gliele voleva mettere, insomma, uno di quelli. Allora l'Amelia si è spogliata nuda, si è cosparsa di una vernice il petto, si è appiccicata una di quelle ferite di plastica che vendono per Halloween, ci ha infilato dentro un coltello di quelli da teatro, che la lama si infila nel manico, e ha fatto finta di essere morta o moribonda. Ha attirato il professore universitario, a quanto mi ha raccontato, promettendogli disponibilità sessuale, e quello ci è cascato. È arrivato preciso come un cronometro, gli avevamo lasciato la porta aperta, quella sera gli altri ragazzi non c'erano. Io ero nascosto dietro una tenda. Appena il tipo è arrivato, ha visto l'Amelia tutta piena di sangue, ha estratto il coltello. A quel punto, col coltello in mano, io l'ho fotografato. Volevamo mettere la foto in rete, infatti l'Amelia ce l'ha messa. Ha avuto un sacco di followers. Il professore è ben sputtanato, no?».

Il commissario fece una faccia disgustata e scosse la testa, come quello che pensa: raccontane un'altra.

«Ma lo sente?» sbottò Consonni. «Lo sente che storie è capace di inventarsi questo criminale? Arrestatelo immediatamente per l'omicidio di Amelia Morpurgo. Dopo che io sono fuggito lui ha messo tutto in ordine e ha portato via il cadavere, poi l'ha sfigurato e gettato nella lanca. Quanto dista Zelata da Motta Visconti, e quanto da Trezzano? Sono le zone che l'Ottolenghi batte normalmente per i suoi giri di lavoro. E forse anche per altri giri...».

Suonò un'altra volta il campanello. Era la signora Ottolenghi. Il marito parve, per la prima volta, seriamente preoccupato.

«E tu che ci fai qua? Come hai fatto ad arrivare?».

«L'ho chiesto alla signora Attilia, mi ha detto che pensava tu fossi venuto qua, dove il figlio aveva portato un signore».

«Signor commissario, le chiederei di tenere mia moglie fuori da questa conversazione».

«Questa conversazione è del tutto informale, adesso vi porto tutti quanti in questura, voglio vederci chiaro, qui ci sono di mezzo vari reati, anche un sequestro di persona».

«Sequestro di persona?».

«Beh, sì, signor Ottolenghi, a parte la rissa aggravata, adesso a suo carico ci potrebbe anche essere un'accusa di sequestro di persona».

«Sequestro di persona?» esclamò la signora Ottolenghi.

«Ma quale sequestro di persona! Questo signore si è introdotto fraudolentemente, con scasso, in casa mia, adesso sono io il sequestratore? Io la porta l'ho chiusa senza sapere che ci fosse qualcuno dentro, glielo giuro. La porta l'ho chiusa perché deve stare chiusa, invece i bambini nel rifugio ci vanno sempre a giocare. Ma io le assicuro, nessuno si è accorto che qualcuno era penetrato in casa, se l'avessimo capito avremmo immediatamente chiamato la polizia».

«Qualcuno si è introdotto in casa nostra?».

«Silenzio! Silenzio, per Dio! Fatemi parlare!». Il commissario cercava di ragionare: «Signor Ottolenghi, c'è qualcosa che non quadra, visto che ci ha detto che lei era perfettamente a conoscenza del fatto che il Consonni la stava pedinando, come mai non ha denunciato il fatto? Voleva farsi giustizia da solo?».

«Ma no, ma no. Mi ero accorto che qualcuno mi seguiva con la macchina, mentre ero al lavoro in Lomellina, in giro per le scuole. Sa, io faccio il rappresentante di libri scolastici, adesso siamo nel periodo critico, presto ci saranno le adozioni. Io pensavo che si trattasse di un investigatore privato, che mi seguiva per cogliermi in fallo, per raccogliere delle prove».

«E prove di che cosa, di grazia?» chiese la signora Ottolenghi, che non ci vedeva chiaro. «E chi l'avrebbe dovuto reclutare l'investigatore privato?».

«Te lo confesso, Marta, mi è passato per la testa che a chiamarlo fossi stata tu, per la tua assurda gelosia».

«E se la mia gelosia era assurda, tu che avevi da preoccuparti? Perché non hai continuato la tua vita normale, che avevi da nascondere?».

«Io non ho niente da nascondere, ma non mi va di essere pedinato da uno che entra nelle case degli altri. L'hai fatto entrare tu? Lo scasso potrebbe essere solo una finta, potresti averlo organizzato tu, dopo che questo signore mi è saltato addosso uscendo dal rifugio, e mi ha gettato a terra per scappare».

«E tu a quel punto perché non hai chiamato i carabinieri e invece ti sei messo a inseguire questo matto, per arrivare fin qui? Perché non mi hai detto niente? Perché per prima cosa volevi trovare il signore, che tu pensavi fosse un investigatore?».

«Perché volevo sapere che cosa voleva da me, ti sembra strano? Un uomo mi pedina e si introduce in casa mia, dove si nasconde. Poi esce all'impazzata e ruba anche la mia macchina fotografica».

«Ti ha rubato la macchina fotografica? E perché? Cosa cercava?».

«Ma quello è un pazzo, non l'hai ancora capito? Un mitomane, uno che vede crimini dappertutto. Quello cercava l'assassino di una ragazza pensando che dello stesso assassinio fosse incolpato lui».

«E tu perché il pazzo non l'hai denunciato? Invece sei venuto a cercarlo personalmente. E mi spieghi chi ci abita in questo appartamento?».

Il commissario Ghizzoni cercava di capirci qualcosa: «Ecco, sì, signor Ottolenghi, me la vuole spiegare quella fotografia? Non si può negare che quella nella sua macchina ci sia e a guardar bene, ora che lo sappiamo, l'uomo col coltello in mano è veramente il signor Consonni, anche se con i capelli di altro colore. Perché Amelia ha chiamato proprio lui dopo aver apparecchiato questa messa in scena? Perché avete scelto il Consonni?».

«E chi sarebbe questa Amelia?» si intromise ancora una volta la signora Ottolenghi.

Carlo Ottolenghi era seriamente in difficoltà, cercò di metterla sull'ipotesi di uno stupido scherzo: «Commissario, gliel'avevo chiesto di tenere mia moglie fuori da questa storia. Ma era solo una burla, che ha organizzato l'Amelia a un professore che se lo meritava».

«Mi vuoi dire chi è questa Amelia?».

Consonni, con un filo di voce, sfruttò un momento di silenzio.

«Farebbe meglio a chiedere a suo marito *cosa faceva* con questa Amelia. Amelia era una bella ragazza che adesso non esiste più perché suo marito l'ha uccisa, altro che scherzo. Fate la prova del DNA al cadavere, ci vuole la prova del DNA».

«Come come come?» sbottò la signora Ottolenghi. «Come sarebbe a dire?».

«Va bene, tutti in questura» disse il commissario. «E adesso fate silenzio, silenzio assoluto». Nel frattempo era arrivata un'altra pantera, altri due agenti. Al Consonni e all'Ottolenghi furono messe per precauzione le manette, perché non ricominciassero a picchiarsi.

In una pausa di silenzio si sentì nuovamente il campanello suonare: il commissario intimò a tutti di non fiatare e andò di persona ad aprire la porta. Si ritrovò di fronte una ragazza alta e magra.

«E lei chi è?».

«Benatti Sara, sono un'amica di Amelia Morpurgo, mi hanno detto di venire qui, per una questione importante, me l'ha detto l'investigatore privato».

«Quale investigatore privato?».

«L'investigatore privato che si occupa di Amelia, mi pare che si chiami Mascheroni».

«Qui non c'è nessun Mascheroni, la invito a ripassare».

«Ma come non c'è nessun Mascheroni, eccolo lì» disse indicando il Consonni.

«Mascheroni? Ma di che sta parlando? Io non ci capisco più niente».

«Meno male» sospirò sardonicamente la signora Marta Ottolenghi. «Se non ci capisce niente nemmeno il commissario...».

«Faccia silenzio lei! Tutti in questura, anche lei, signorina Benatti!».

«Io? Ma io che c'entro?».

«Prima o poi lo deve sapere anche lei: l'Amelia è morta, e il responsabile è qui davanti a noi» disse Consonni.

«Vuole fare silenzio, una volta per tutte?».

«Amelia morta? Siete pazzi? E chi l'ha... chi l'ha uccisa, la signora Ottolenghi?».

«E perché avrei dovuto ucciderla io?».

«Non lo so, forse perché ha, cioè volevo dire, aveva, una relazione con suo marito?».

Mentre Sara prorompeva in un pianto dirotto, Marta Ottolenghi guardava suo marito, mentre lui fissava la finestra.

«No, l'ha uccisa l'Ottolenghi stesso!» ribadì il Consonni.

«In questura! Ho detto in questura!».

Manco a dirlo suonò un'altra volta il campanello. Si sentivano delle grida provenire dal pianerottolo.

«Fatemi entrare, sono la figlia del Consonni Amedeo!».

Caterina ed Enrico furono fatti entrare.

«So che mio padre è qua, si è costituito, fatemelo vedere».

«E a lei chi glielo ha detto che suo padre è qua?».

«Mi hanno telefonato dalla questura, a seguito della mia denuncia».

«Ah, bene...» disse l'agente sulla porta.

Caterina e il figlio raggiunsero immediatamente la camera da letto dove erano riuniti tutti gli altri.

Enrico vide il Consonni semi-incosciente sulla poltrona, nonostante il mascheramento lo riconobbe subito.

«Nonno!».

«E questi chi sono?» si chiedeva estenuato il commissario Ghizzoni. «Chi li ha fatti entrare?».

«Nonno!». L'Enrico si buttò addosso all'Amedeo, abbracciandolo. Il nonno andò ancora più in crisi, fra lo struggimento e la commozione.

«Oh, Cipolla, ma cosa ci fai tu qui?».

«Nonno! Perché hai le manette? Perché ti sei tinto i capelli? Sei brutto così!».

«Ma dai, Enrico...».

«Me l'ha detto la mamma... è perché ci hai *l'amante*».

«Macché amante...».

«Lo so, ci hai *l'amante*, è della Ucraina, con lei fai il sesso spinto, come fa anche la mamma, con le pasticche blu!».

«Ma Enrico, chi ti ha detto una cosa del genere?».

«Me l'ha detto la mamma e anche la nonna Angela».

«La nonna Angela?».

«Come ti devo dire che non è tua nonna?» intervenne Caterina, la quale però aveva altre premure per la testa. «Papà, poche storie, dov'è il lingottino d'oro? Lo sai che è mio».

«Quale lingottino?» chiese il commissario Ghizzoni.

«Stai tranquilla Caterina, il lingottino non l'ho toccato, mi sono piuttosto fatto prestare i soldi a strozzo dal De Angelis, ma non l'ho toccato, eccolo qui».

«Strozzo... Non usiamo parole grosse» commentò il De Angelis. «La prossima volta vai a chiederli a qualcun altro. Lo sapevo che ti eri messo nei guai con le donnine».

«Quali donnine?».

Consonni estrasse il lingottino dalla tasca interna della giacca, avvolto in un pezzo di carta di giornale. Caterina cercò di afferrarlo, ma il commissario Ghizzoni lo intercettò.

«E questo che cos'è?».

«E chi sarebbe questa ucraina?» chiese Angela.

Il commissario scartò l'involto e vide che si trattava di un lingotto d'oro 24 K da un chilo.

«Questo è sequestrato».

«Ma come è sequestrato, questi erano i risparmi di mia madre Luigina».

«Già, e chi lo dice? È registrato da qualche parte? Verificheremo. Intanto è sequestrato. Ora escono anche i lingotti. In questura, presto. Tutti quanti».

Enrico però aveva qualcosa da aggiungere: «Commissario, sono stato io! Confesso: sono stato io a rubare i Pinguì, li davo a Mattia, il bambino obeso, in cambio dei gormiti. Mio nonno non c'entra niente, non sa niente. Lasciatelo andare, è innocente!».

«I gormiti? E che cosa sono i gormiti? Oh, per l'amor del cielo, portate via questo bambino da qui, vi sembra il caso?».

I poliziotti riuscirono a incolonnare tutti i presenti e a fare in modo che si incamminassero con ordine verso la porta di ingresso dell'appartamento. Quando un agente scelto la aprì vide che sul pianerottolo c'era una ragazza con le calze rotte, una minigonna che le arrivava all'altezza del pube e gli anfibi ai piedi.

«E lei chi è?».

La Ketty era là per una soffiata della Mattei-Ferri, che aveva afferrato l'indirizzo dove la Mattioli si stava dirigendo, assieme al De Angelis.

Quando Consonni vide la Ketty ebbe un mancamento: «Ketty, allora sei viva? Ah, e io che pensavo... racconta al commissario, quanti soldi ti hanno dato per attirarmi in trappola? Non mi dire che non conosci queste persone, in particolare quel signore lì» disse indicando l'Ottolenghi.

«Ma commissario, quest'uomo è pazzo, io questa signorina non l'ho mai vista, glielo giuro».

La signora Ottolenghi squadrò la Ketty e poi il marito. «Conosci anche questa smandruppata qui?».

Ketty non sapeva esattamente cosa pensare, ma la cosa certa era che non le piaceva di trovarsi in mezzo a tanti poliziotti, addirittura un commissario. Comunque disse: «Smandruppata sarà lei».

Il Consonni cominciava a ringraziare il corso degli eventi: «Ketty, ti conviene confessare adesso! È meglio per te! Come mai sei qui? Con chi speravi di incontrarti? Quanti soldi ti avevano promesso?».

«Soldi? Promesso? Mah, a me veramente l'unico che mi ha promesso dei soldi sei tu».

«Ah, sì? E a che titolo?» chiese il commissario Ghizzoni.

«Io non c'entro niente, non c'entro proprio niente, io cercavo solo il Consonni, che è un mio parente, e che mi aveva promesso cento euro».

Il commissario era veramente sul punto di arrendersi.

«Agenti, prendete tutta questa gente e portatela in questura, e fate in modo che non parlino fra di loro».

«Ma commissario, non abbiamo macchine a sufficienza».

«Chiedete dei rinforzi, fate venire un cellulare, sbrigatevi, prima che arrivi qualcun altro. E che nessuno dica più una parola!».

Ci volle un quarto d'ora prima che si riuscisse a fare un po' d'ordine. Ognuno aveva da dire la sua, principalmente che non c'entrava niente. Si tentò di dividere il gruppo e di impedire gli alterchi. La Sara Benatti era l'unica che piangeva per la morte della sua migliore amica: «Lo sapevo, lo sapevo che sarebbe andata a finire così. Maledetto bastardo!» urlò all'indirizzo dell'Ottolenghi. «Conosci anche lei?» chiese la signora Marta al marito.

Gli uomini della PS riuscirono a ristabilire un po' di calma. Quando furono di nuovo in prossimità della porta sentirono che qualcuno armeggiava con la chiave alla serratura. Il commissario fece cenno a tutti di spostarsi da una parte ed estrasse la pistola. La porta si aprì e la persona che entrò si prese paura nel vedere tutta quella gente in casa, alcuni agenti di polizia in divisa, alcuni sconosciuti in borghese, Carlo Ottolenghi e sua moglie, perfino la Sara, in lacrime.

Quella persona era una ragazza giovane e bionda che trascinava una valigia con le ruote, era Amelia.

«Ingegner Tremonti, qui c'è la flagranza e dunque la carcerazione preventiva è scontata, domani la trasferiranno a Opera».

«Ma io non potrei denunciare quella grandissima troia per tentata corruzione di pubblico ufficiale? È lei che mi ha offerto i soldi, mica io che glieli ho chiesti».

«Non funziona esattamente così, quella là non è che glieli ha offerti per vedere se funzionava, per evitare la dichiarazione di inabitabilità, lei glieli ha dati dopo aver denunciato un possibile illecito, in questo caso è una collaboratrice di giustizia, e lei quei soldi li ha presi, purtroppo li ha presi. Era meglio se ci pensava due volte, questo genere di transazioni non vanno mai fatte "fuori casa", meglio farle in posti scelti all'ultimo minuto».

«A me lo viene a dire? È che non c'ero con la testa, mia figlia ha preso tre a greco scritto, una cosa assolutamente inaccettabile, in mattinata ero stato a parlare con l'insegnante».

«Tre a greco?».

«Sì, tre a greco».

«Inoltre c'è un'aggravante, gli architetti Du Vivier e moglie l'hanno querelata, anche qui corruzione. Secondo loro erano in pieno diritto di chiedere una relazione che confermasse i danni strutturali dell'edificio, ma lei ha chiesto loro una mazzetta di cinquantamila euro, dei quali ne avrebbero anticipati ventimila».

«Ventimila? Non è vero, me ne hanno dati diecimila, e poi era nelle mie intenzioni di restituirglieli».

«La interrogheranno di nuovo, lei non dica assolutamente niente».

«D'accordo».

Il commissario Ghizzoni ci mise un po' a interrogare singolarmente tutte le persone coinvolte e a chiarire la situazione. Ci volle una giornata intera. La Mattioli e il De Angelis, che in realtà non c'entravano niente, furono presto rimandati a casa. Il Luis evitò di raccontare che era stato inviato da Consonni nella casa di via Carloni, perché nessuno glielo chiese. All'uscita Angela incontrò il commissario Ametrano, quello col quale si era messa d'accordo per la trappola al Tremonti: «E lei che ci fa ancora qui?».

«Ah, è per un'altra storia, ma io non c'entro niente».

Sia Ametrano che De Angelis rimasero perplessi.

Anche la Sara Benatti, la Ketty, Caterina ed Enrico furono subito rilasciati.

Per Ghizzoni qualche problema ci fu con l'Ottolenghi e sua moglie, i due bisognò separarli perché lei non smetteva di prenderlo a male parole: «Sei in grado di spiegarmi che sta succedendo? Sei un infame! E te la fai con una ragazzetta che potrebbe essere tua figlia? Porco maiale di merda! Io ti rovino... io che ho fatto tutto per te... quello che hai è tutto mio! Ma io ti faccio sputare sangue!». Dovettero sedarla, comunque era estranea ai fatti.

Capitò anche che l'Ottolenghi in un corridoio incappasse in Amelia. Questa si scatenò immediatamente:

«Ah, e così non le avevi detto niente, eh?».

«Amelia, non adesso... e se ci pensi tutto questo casino dipende da una tua idea idiota...».

«Sei proprio uno stronzo di merda, mi avevi giurato che avevi parlato con tua moglie, che ci avresti parlato, e invece... ma perché non ti decidi a parlare? Perché non racconti che ci amiamo? Perché non glielo dici anche a loro che sei pazzo di me?».

Ottolenghi non rispose e filò in un'altra stanza.

Fra l'altro non è che l'innocente scherzetto organizzato dai due non ponesse qualche problema di carattere legale: procurato allarme, simulazione di reato, introduzione di immagini personali in rete ecc. Si sarebbe visto.

L'ultimo a essere interrogato delle persone presenti in via Carloni fu proprio il Consonni, anche perché subito dopo la comparsa di Amelia lo avevano dovuto portare in infermeria, era svenuto, un collasso.

Quando si era risvegliato, su una brandina ospedaliera, stentava a ricordarsi degli avvenimenti recenti, tanto da credere per un attimo che tutto quello che gli era successo, dalla ragazza accoltellata, al Centro Sociale, alla prigionia nel rifugio antiatomico, fosse solo un incubo. E perché adesso mi trovo in questo ospedale? Dove sono?

Immobile, cercò di riepilogare gli eventi. Di sicuro non era più un fuggiasco, non doveva più nascondersi. Il cadavere di Zelata non apparteneva ad Amelia, che era viva e vegeta. Uno scherzo? Soltanto uno scherzo? E perché proprio a lui? Volevano farlo morire di crepacuore?

Eppure non vedeva l'ora di tornare a casa. Dovevano averlo imbottito di antidolorifici e forse anche di qualche calmante, aveva dormito profondamente, ma adesso ricominciava a sentire dolori in ogni parte del corpo, compreso un fortissimo mal di testa. Appena la faccenda si sarebbe risolta, a breve, sarebbe tornato a casa e avrebbe dormito per dieci giorni di fila, sotto il piumino. E avrebbe rivisto l'Enrico. Il solo pensiero lo rasserenò.

Simili effetti rassicuranti non furono prodotti dall'interrogatorio col commissario Ghizzoni.

Alla fine della sua deposizione, durante la quale Consonni neanche cercò di difendersi, di accampare delle motivazioni del suo comportamento, di trovare delle attenuanti, il commissario fu costretto a dire le cose come stavano.

«Signor Consonni, mi dispiace dirglielo, lei mi sembra una brava persona, però è nei guai: ha rubato e falsificato una carta d'identità, utilizzandola per assumere un'identità falsa, il che è di per sé un reato grave. È entrato con effrazione in casa privata, dalla quale ha rubato una macchina fotografica del valore di 400 euro e una pistola scacciacani; ha usato violenza al proprietario, Ottolenghi Carlo, della medesima abitazione; ha utilizzato la stessa pistola scacciacani per minacciare il signor Viviani, al quale ha sottratto con la forza una bicicletta modello Graziella, vera e propria rapina a mano armata, il signor Viviani ha sporto regolare denuncia. Le parrà strano ma questo è il reato più grave. Altre infrazioni sono in corso di verifica, fra queste rissa aggravata in una pizzeria di Binasco, minacce con la pistola scacciacani a un occupante della casa di via Carloni, omissione di presentazione del documento di identità in un hotel di Milano, ecc.».

«Cosa?».

«Signor Consonni, io a questo punto la devo trattenere in questura per 48 ore. Non credo che i signori Ottolenghi sporgeranno denuncia per la sua violazione di domicilio e il furto: ci tengono a che la faccenda per loro si fermi qui, almeno per quello che riguarda noi. Ma il resto rimane, lei andrà sotto processo, adesso bisogna sentire il magistrato, sarà avviata un'istruttoria».

Consonni fu accompagnato in cella. Fuori Angela passò delle ore ad aspettarlo, prima di rendersi conto che non l'avrebbero rilasciato. Chiese informazioni, la guardarono di traverso.

«Lei chi è, la moglie?».

«No, non sono la moglie».

«Allora non possiamo dirle niente».

Alla fine della giornata fu convocato anche il professor Amedeo Consonni, docente di Statica all'Università Statale. A quanto aveva riferito la Morpurgo, questo professore era un vero stronzo, universalmente riconosciuto come tale in tutta la facoltà. Si faceva odiare senza alcun motivo e sembrava ci godesse a torturare gli studenti. La sua materia era una di quelle che non contano niente, così come l'esame, che però in molti piani di studio era obbligatorio. In ogni caso era difficilissimo superarlo. C'era gente che aveva dovuto ripeterlo sei o sette volte, per raggranellare un 19, che nessuno si sognava neanche di non accettare. Fra questi studenti c'era proprio Amelia, che le aveva provate tutte per superare lo scoglio. Giunta al quinto, sesto tentativo aveva anche tentato di metterla sul seduttivo, di far capire al professore che... nei corridoi dell'università circolavano voci che il prof. Consonni non fosse insensibile all'argomento. Ma gli accenni e gli occhi dolci di Amelia non ottennero alcun risultato, se non quello di rendere il professore ancora più esigente e spietato.

Al decimo tentativo Amelia riuscì a superare l'esame. Con degnazione il professore le dette 18 e commentò: «Non se lo meriterebbe, ma non mi va di trovarmela ancora davanti, almeno non qui... infatti si era detto che...».

Ah, maledetto porcone! aveva pensato Amelia, e tu adesso, lurido schifoso, penseresti di venire a riscuotere la ricompensa? Te la do io la ricompensa, maiale di merda. Avrai quello che ti meriti. Così Amelia, anziché mandare a fare in culo il Consonni, gli fece un bel sorriso.

«Ogni promessa è debito, professore, sarò io a farmi sentire».

Uscendo ebbe cura di mostrare bene al prof. il suo fondoschiena, assai formoso e prominente.

Aveva rimandato i suoi propositi di vendetta, perché in quel momento doveva festeggiare. Si ubriacò per tre giorni di fila, poi, ripresasi, mise mano a un piano d'azione.

Tanto ormai il voto me l'hai dato, non me lo puoi togliere...

E così aveva organizzato lo scherzo, insieme al Carlo, che si era prestato, quasi gasato. Aveva fatto in modo che nell'appartamento non ci fosse nessun altro, aveva comprato attrezzature varie in mesticheria, tintura rossa, collante, silicone e cicatrici finte. Carlo ci metteva la macchina fotografica digitale.

Con una telefonata aveva attirato il professore a casa sua, il resto era fatto. Sarebbe stata una bella sputtanatura per quello stronzo, via Facebook l'avrebbero visto tutti!

Il professor Consonni non aveva idea del perché lo avessero convocato in questura. Quando il commissario gli accennò se conosceva una studentessa rispondente al nome di Morpurgo Amelia fece cenno di sì: «Vagamente», ma gli venne il sospetto che qualche altra imbecille di studentessa lo volesse mettere nel mezzo e quindi adottò una strategia prudenziale. «Questa è una deposizione ufficiale oppure una conversazione informale? Nel primo caso vorrei parlare col mio avvocato».

Non sarebbe stata la prima volta che una studentessa troietta prima te la dà e poi ti denuncia. Peraltro lui era sempre stato molto attento.

«No, no, non si preoccupi, è solo un riscontro. La Morpurgo afferma di aver sostenuto un esame con lei, volevo solo controllare che fosse vero».

«Sì, è vero, quella la conosco bene, ci avrà provato dieci volte a fare l'esame, una gnocca senza testa, alla fine l'ho passata per pietà».

«D'accordo, professore, grazie mille della sua disponibilità».

Il giorno dopo

Consonni passò l'intera giornata sulla branda, nella cella della questura. Non riusciva a leggere il libro che gli aveva fatto avere Angela, tramite il commissario Ametrano, il quale aveva controllato che non ci fossero istruzioni personali scritte dentro. Non riusciva a non pensare a tutti i guai in cui si era messo negli ultimi tempi, che per giunta gli avevano compromesso la salute. Il cuore! Ogni tanto avvertiva che montavano le palpitazioni, gli sembrava di sentire il battito in gola. Eppure dall'infermeria della questura lo avevano dimesso assicurandogli che non aveva niente. Possibile? E sarebbe stato processato. L'avvocato, procuratogli anch'esso da Angela, aveva cercato di rassicurarlo. Il proprietario della bicicletta aveva ritirato la denuncia per rapina a mano armata. Gli Ottolenghi di querelarlo non ne avevano la minima intenzione. Aveva anche parlato col signor Mascheroni, quello della carta d'identità, che per quanto lo riguardava la faccenda finiva lì, non aveva intenzione di rovinarlo, se era possibile avrebbe ritirato anche lui la denuncia. Il problema era che la falsificazione di un documento e il suo utilizzo non sono reati contro persone ma contro lo Stato, il procuratore procede d'ufficio. E una rapina a mano armata, è sempre una rapina a mano armata. Ma era sicuro che il giudice avrebbe considerato tutte le sue attenuanti, si sarebbe arrivati a una condanna ragionevole, con la condizionale, considerando anche i suoi precedenti, cioè nessuno... il giudice vedrà che...

«E quanto sarebbe una condanna ragionevole?».

«Mah, forse sotto l'anno».

«Un anno di galera?».

«Ma mica lo sconterà, le daranno la condizionale».

«E avrò la fedina penale sporca?».

«Eh, quello sì».

«Ossignur».

L'avvocato se ne andò.

Rientrò il compagno di cella, da un qualche altro colloquio. Il fermato era un signore sui cinquanta, calvo, abbastanza elegante, con gli occhiali d'oro.

Consonni teneva gli occhi chiusi. La mia rovina è stata andare in pensione. Finché lavoravo di problemi non ne ho avuti mai. Ma quando si smette di lavorare bisogna trovarsi un hobby, se no uno si annoia. Troppo tempo a disposizione, pensava, a occuparlo non bastava il nipotino Enrico, cui faceva da baby-sitter quattro o cinque pomeriggi la settimana. Già, l'Enrico... Piscinin, che penserà di me? Caterina gliel'avrà detto che il nonno è finito in prigione? Mi verrà a trovare? Che vergogna...

Insomma, quando uno va in pensione si deve trovare un hobby e io mi sono trovato quello sbagliato. Cosa mi è venuto in mente di occuparmi di crimini? Di fare la collezione di notizie di cronaca nera? Ma perché?

Angela me l'ha detto mille volte, mi ha fatto giurare di non occuparmi più di queste cose, che fra l'altro manca poco che ci lascio le penne.

Ma quando esco di qui... si ricomincia da capo. E non mi beccano più.

E se ricominciassi a fare il tappezziere? In fondo quello è il mio mestiere, non occuparmi dei fatti degli altri. Potrei farlo come volontario, magari in una scuola popolare, una volta c'erano quelle che ti insegnano i mestieri: falegname, carpentiere, pittore (imbianchino), tappezziere... Potrei provare...

Ma chi più vuole imparare il mestiere di tappezziere? Se si rompe un rivestimento di una poltrona la si butta, mica si ripara, o si copre di nuovo. E i materassi? Adesso ci sono quelli di lattice... e le tende di classe? E chi le vuole più... ma allora che posso fare? Andare a giocare a bocce? Non sono mai stato bravo...

Il compagno di cella gli chiedeva perché fosse finito dentro: «Rapina a mano armata, furto e falsificazione di documenti di identità, effrazione con scasso, furto, minacce, rissa aggravata e altro. Ne ho molte».

Il compagno rimase impressionato, in carcere una rapina a mano armata fa sempre la sua figura e merita rispetto. Consonni non specificò che a mano armata aveva rapinato una bicicletta, modello Graziella per giunta, né le circostanze del furto della carta d'identità, né i motivi dell'effrazione. Non aggiunse altro e il compagno non gli chiese altro.

«E lei? Perché lei è finito dentro?».

«Ah, è una storia lunga, una montatura, mi hanno incastrato per corruzione».

«E chi è che l'ha incastrata?».

«C'è di mezzo una signora che è una gran troia, ma quando esco, quella lì la sistemo io».

«Eh, anch'io sono nei guai per via di una ragazza giovane, e anche un po' come ha detto lei. Una con un amante che potrebbe essere suo padre».

La conversazione terminò qui.

Amedeo Consonni, con la testa fra le mani, pensava alle persone che aveva conosciuto in quella fatidica settimana. Incontri di poche ore, che però al momento gli erano parsi importanti, quasi fondamentali. Chissà che faceva la signora avvocato di Catania, che gli doveva un pranzo. E se l'avesse chiamata per chiederle un parere? Sembrava così gentile. O la cameriera di quella pizzeria di Binasco. O il camionista Peppe, un boss, a suo modo. O Michael. Eppure quella gente non l'avrebbe vista mai più, e anche se l'avesse incontrata non ci sarebbe stato niente da dire.

Gli venne in mente di quando faceva il militare, tanti anni prima. In quei mesi aveva fatto delle amicizie, che lì per lì sembravano eterne. Commilitoni con cui finiva per passare l'intera giornata, intimità che il giorno del congedo era sicuro sarebbero durate tutta la vita. Invece no, non erano durate affatto. Tornato alla vita normale, con quei pochi compagni di naja che aveva rivisto negli anni successivi, per piccoli raduni o per incontri a due, non c'era più niente, niente da dire, se non ripercorre stancamente qualche episodio in fureria e in servizio di piantone, che visti in retrospettiva non rappresentavano niente, non facevano neanche ridere.

Un'altra cosa che non faceva ridere era che in fondo, in una lanca del Ticino, una ragazza morta l'avevano trovata davvero, e che tuttora non se ne conosceva l'identità. Bisognerebbe che controllassi nel mio archivio quante sono le ragazze trovate morte in Lombardia negli ultimi anni e di quante il nome non si è mai scoperto. Appena sono a casa ci guardo.

Indice

L'uomo con la valigia

Questo volume è stato stampato
su carta Palatina
delle Cartiere di Fabriano
nel mese di aprile 2017

Stampa: Officine Grafiche soc. coop., Palermo

Legatura: LE.I.MA. s.r.l., Palermo

La memoria

Ultimi volumi pubblicati

801 Anthony Trollope. Le ultime cronache del Barset
802 Arnoldo Foà. Autobiografia di un artista burbero
803 Herta Müller. Lo sguardo estraneo
804 Gianrico Carofiglio. Le perfezioni provvisorie
805 Gian Mauro Costa. Il libro di legno
806 Carlo Flamigni. Circostanze casuali
807 Maj Sjöwall, Per Wahlöö. L'uomo sul tetto
808 Herta Müller. Cristina e il suo doppio
809 Martin Suter. L'ultimo dei Weynfeldt
810 Andrea Camilleri. Il nipote del Negus
811 Teresa Solana. Scorciatoia per il paradiso
812 Francesco M. Cataluccio. Vado a vedere se di là è meglio
813 Allen S. Weiss. Baudelaire cerca gloria
814 Thornton Wilder. Idi di marzo
815 Esmahan Aykol. Hotel Bosforo
816 Davide Enia. Italia-Brasile 3 a 2
817 Giorgio Scerbanenco. L'antro dei filosofi
818 Pietro Grossi. Martini
819 Budd Schulberg. Fronte del porto
820 Andrea Camilleri. La caccia al tesoro
821 Marco Malvaldi. Il re dei giochi
822 Francisco García Pavón. Le sorelle scarlatte
823 Colin Dexter. L'ultima corsa per Woodstock
824 Augusto De Angelis. Sei donne e un libro
825 Giuseppe Bonaviri. L'enorme tempo
826 Bill James. Club
827 Alicia Giménez-Bartlett. Vita sentimentale di un camionista
828 Maj Sjöwall, Per Wahlöö. La camera chiusa
829 Andrea Molesini. Non tutti i bastardi sono di Vienna
830 Michèle Lesbre. Nina per caso
831 Herta Müller. In trappola
832 Hans Fallada. Ognuno muore solo
833 Andrea Camilleri. Il sorriso di Angelica
834 Eugenio Baroncelli. Mosche d'inverno
835 Margaret Doody. Aristotele e i delitti d'Egitto
836 Sergej Dovlatov. La filiale
837 Anthony Trollope. La vita oggi
838 Martin Suter. Com'è piccolo il mondo!
839 Marco Malvaldi. Odore di chiuso
840 Giorgio Scerbanenco. Il cane che parla

841 Festa per Elsa
842 Paul Léautaud. Amori
843 Claudio Coletta. Viale del Policlinico
844 Luigi Pirandello. Racconti per una sera a teatro
845 Andrea Camilleri. Gran Circo Taddei e altre storie di Vigàta
846 Paolo Di Stefano. La catastròfa. Marcinelle 8 agosto 1956
847 Carlo Flamigni. Senso comune
848 Antonio Tabucchi. Racconti con figure
849 Esmahan Aykol. Appartamento a Istanbul
850 Francesco M. Cataluccio. Chernobyl
851 Colin Dexter. Al momento della scomparsa la ragazza indossava
852 Simonetta Agnello Hornby. Un filo d'olio
853 Lawrence Block. L'Ottavo Passo
854 Carlos María Domínguez. La casa di carta
855 Luciano Canfora. La meravigliosa storia del falso Artemidoro
856 Ben Pastor. Il Signore delle cento ossa
857 Francesco Recami. La casa di ringhiera
858 Andrea Camilleri. Il gioco degli specchi
859 Giorgio Scerbanenco. Lo scandalo dell'osservatorio astronomico
860 Carla Melazzini. Insegnare al principe di Danimarca
861 Bill James. Rose, rose
862 Roberto Bolaño, A. G. Porta. Consigli di un discepolo di Jim Morrison a un fanatico di Joyce
863 Stefano Benni. La traccia dell'angelo
864 Martin Suter. Allmen e le libellule
865 Giorgio Scerbanenco. Nebbia sul Naviglio e altri racconti gialli e neri
866 Danilo Dolci. Processo all'articolo 4
867 Maj Sjöwall, Per Wahlöö. Terroristi
868 Ricardo Romero. La sindrome di Rasputin
869 Alicia Giménez-Bartlett. Giorni d'amore e inganno
870 Andrea Camilleri. La setta degli angeli
871 Guglielmo Petroni. Il nome delle parole
872 Giorgio Fontana. Per legge superiore
873 Anthony Trollope. Lady Anna
874 Gian Mauro Costa, Carlo Flamigni, Alicia Giménez-Bartlett, Marco Malvaldi, Ben Pastor, Santo Piazzese, Francesco Recami. Un Natale in giallo
875 Marco Malvaldi. La carta più alta
876 Franz Zeise. L'Armada
877 Colin Dexter. Il mondo silenzioso di Nicholas Quinn
878 Salvatore Silvano Nigro. Il Principe fulvo
879 Ben Pastor. Lumen
880 Dante Troisi. Diario di un giudice
881 Ginevra Bompiani. La stazione termale
882 Andrea Camilleri. La Regina di Pomerania e altre storie di Vigàta
883 Tom Stoppard. La sponda dell'utopia
884 Bill James. Il detective è morto
885 Margaret Doody. Aristotele e la favola dei due corvi bianchi
886 Hans Fallada. Nel mio paese straniero
887 Esmahan Aykol. Divorzio alla turca
888 Angelo Morino. Il film della sua vita
889 Eugenio Baroncelli. Falene. 237 vite quasi perfette
890 Francesco Recami. Gli scheletri nell'armadio
891 Teresa Solana. Sette casi di sangue e una storia d'amore
892 Daria Galateria. Scritti galeotti
893 Andrea Camilleri. Una lama di luce
894 Martin Suter. Allmen e il diamante rosa
895 Carlo Flamigni. Giallo uovo
896 Maj Sjöwall, Per Wahlöö. Il milionario

897 Gian Mauro Costa. Festa di piazza
898 Gianni Bonina. I sette giorni di Allah
899 Carlo María Domínguez. La costa cieca
900
901 Colin Dexter. Niente vacanze per l'ispettore Morse
902 Francesco M. Cataluccio. L'ambaradan delle quisquiglie
903 Giuseppe Barbera. Conca d'oro
904 Andrea Camilleri. Una voce di notte
905 Giuseppe Scaraffia. I piaceri dei grandi
906 Sergio Valzania. La Bolla d'oro
907 Héctor Abad Faciolince. Trattato di culinaria per donne tristi
908 Mario Giorgianni. La forma della sorte
909 Marco Malvaldi. Milioni di milioni
910 Bill James. Il mattatore
911 Esmahan Aykol, Andrea Camilleri, Gian Mauro Costa, Marco Malvaldi, Antonio Manzini, Francesco Recami. Capodanno in giallo
912 Alicia Giménez-Bartlett. Gli onori di casa
913 Giuseppe Tornatore. La migliore offerta
914 Vincenzo Consolo. Esercizi di cronaca
915 Stanisław Lem. Solaris
916 Antonio Manzini. Pista nera
917 Xiao Bai. Intrigo a Shanghai
918 Ben Pastor. Il cielo di stagno
919 Andrea Camilleri. La rivoluzione della luna
920 Colin Dexter. L'ispettore Morse e le morti di Jericho
921 Paolo Di Stefano. Giallo d'Avola
922 Francesco M. Cataluccio. La memoria degli Uffizi
923 Alan Bradley. Aringhe rosse senza mostarda
924 Davide Enia. maggio '43
925 Andrea Molesini. La primavera del lupo
926 Eugenio Baroncelli. Pagine bianche. 55 libri che non ho scritto
927 Roberto Mazzucco. I sicari di Trastevere
928 Ignazio Buttitta. La peddi nova
929 Andrea Camilleri. Un covo di vipere
930 Lawrence Block. Un'altra notte a Brooklyn
931 Francesco Recami. Il segreto di Angela
932 Andrea Camilleri, Gian Mauro Costa, Alicia Giménez-Bartlett, Marco Malvaldi, Antonio Manzini, Francesco Recami. Ferragosto in giallo
933 Alicia Giménez-Bartlett. Segreta Penelope
934 Bill James. Tip Top
935 Davide Camarrone. L'ultima indagine del Commissario
936 Storie della Resistenza
937 John Glassco. Memorie di Montparnasse
938 Marco Malvaldi. Argento vivo
939 Andrea Camilleri. La banda Sacco
940 Ben Pastor. Luna bugiarda
941 Santo Piazzese. Blues di mezz'autunno
942 Alan Bradley. Il Natale di Flavia de Luce
943 Margaret Doody. Aristotele nel regno di Alessandro
944 Maurizio de Giovanni, Alicia Giménez-Bartlett, Bill James, Marco Malvaldi, Antonio Manzini, Francesco Recami. Regalo di Natale
945 Anthony Trollope. Orley Farm
946 Adriano Sofri. Machiavelli, Tupac e la Principessa
947 Antonio Manzini. La costola di Adamo
948 Lorenza Mazzetti. Diario londinese
949 Gian Mauro Costa, Alicia Giménez-Bartlett, Marco Malvaldi, Antonio Manzini, Francesco Recami. Carnevale in giallo
950 Marco Steiner. Il corvo di pietra

951 Colin Dexter. Il mistero del terzo miglio
952 Jennifer Worth. Chiamate la levatrice
953 Andrea Camilleri. Inseguendo un'ombra
954 Nicola Fantini, Laura Pariani. Nostra Signora degli scorpioni
955 Davide Camarrone. Lampaduza
956 José Roman. Chez Maxim's. Ricordi di un fattorino
957 Luciano Canfora. 1914
958 Alessandro Robecchi. Questa non è una canzone d'amore
959 Gian Mauro Costa. L'ultima scommessa
960 Giorgio Fontana. Morte di un uomo felice
961 Andrea Molesini. Presagio
962 La partita di pallone. Storie di calcio
963 Andrea Camilleri. La piramide di fango
964 Beda Romano. Il ragazzo di Erfurt
965 Anthony Trollope. Il Primo Ministro
966 Francesco Recami. Il caso Kakoiannis-Sforza
967 Alan Bradley. A spasso tra le tombe
968 Claudio Coletta. Amstel blues
969 Alicia Giménez-Bartlett, Marco Malvaldi, Antonio Manzini, Francesco Recami, Alessandro Robecchi, Gaetano Savatteri. Vacanze in giallo
970 Carlo Flamigni. La compagnia di Ramazzotto
971 Alicia Giménez-Bartlett. Dove nessuno ti troverà
972 Colin Dexter. Il segreto della camera 3
973 Adriano Sofri. Reagì Mauro Rostagno sorridendo
974 Augusto De Angelis. Il canotto insanguinato
975 Esmahan Aykol. Tango a Istanbul
976 Josefina Aldecoa. Storia di una maestra
977 Marco Malvaldi. Il telefono senza fili
978 Franco Lorenzoni. I bambini pensano grande
979 Eugenio Baroncelli. Gli incantevoli scarti. Cento romanzi di cento parole
980 Andrea Camilleri. Morte in mare aperto e altre indagini del giovane Montalbano
981 Ben Pastor. La strada per Itaca
982 Esmahan Aykol, Alan Bradley, Gian Mauro Costa, Maurizio de Giovanni, Nicola Fantini e Laura Pariani, Alicia Giménez-Bartlett, Francesco Recami. La scuola in giallo
983 Antonio Manzini. Non è stagione
984 Antoine de Saint-Exupéry. Il Piccolo Principe
985 Martin Suter. Allmen e le dalie
986 Piero Violante. Swinging Palermo
987 Marco Balzano, Francesco M. Cataluccio, Neige De Benedetti, Paolo Di Stefano, Giorgio Fontana, Helena Janeczek. Milano
988 Colin Dexter. La fanciulla è morta
989 Manuel Vázquez Montalbán. Galíndez
990 Federico Maria Sardelli. L'affare Vivaldi
991 Alessandro Robecchi. Dove sei stanotte
992 Nicola Fantini e Laura Pariani, Marco Malvaldi, Dominique Manotti, Antonio Manzini, Francesco Recami, Gaetano Savatteri. La crisi in giallo
993 Jennifer. Worth. Tra le vite di Londra
994 Hai voluto la bicicletta. Il piacere della fatica
995 Alan Bradley. Un segreto per Flavia de Luce
996 Giampaolo Simi. Cosa resta di noi
997 Alessandro Barbero. Il divano di Istanbul
998 Scott Spencer. Un amore senza fine
999 Antonio Tabucchi. La nostalgia del possibile
1000 La memoria di Elvira
1001 Andrea Camilleri. La giostra degli scambi
1002 Enrico Deaglio. Storia vera e terribile tra Sicilia e America